내가 제일 잘 나가는 재벌이다

봉황송 현대판타지 장편소설

내가 제일 잘나가는 재벌이다 6

초판 1쇄 발행 2024년 3월 20일

지은이 ㅣ 봉황송
발행인 ㅣ 최원영
편집장 ㅣ 이호준
편집디자인 ㅣ 한방울
영업 ㅣ 김민원 조은걸

펴낸곳 ㅣ ㈜ 디앤씨미디어
등록 ㅣ 2002년 4월 25일 제20-260호
주소 ㅣ 서울시 구로구 디지털로 26길 111 JnK디지털타워 503호
전화 ㅣ 02-333-2513(대표)
팩시밀리 ㅣ 02-333-2514
E-mail ㅣ papy_dnc@dncmedia.co.kr
블로그 ㅣ blog.naver.com/gnpdl7

ISBN 979-11-364-5295-5 04810
ISBN 979-11-364-4879-8 (SET)

※ 저자와 협의하여 인지는 붙이지 않습니다.
※ 이 책은 ㈜디앤씨미디어(파피루스)가 저작권자와의 계약에 따라 발행한 것으로 본사와 저자의 허락 없이는 어떠한 형태나 수단으로도 내용을 이용할 수 없습니다.

내가 제일 잘나가는 재벌이다 6

봉황송 현대판타지 장편소설

제1장. 200만 달러	7
제2장. 신용장	31
제3장. 제조업 유통 회사	57
제4장. 립스틱 캔디	83
제5장. 립스틱의 혁명	109
제6장. 미국행	135
제7장. LA 한국일보	161
제8장. 공장 인수	187
제9장. 토니 크로스	213
제10장. 취업 비자	239
제11장. 미니스커트	265
제12장. 사만다 윌치	291

200만 달러

 차준후가 집에서 포드 자동차를 타고, 뻥 뚫린 길을 따라 편안히 운전하며 스카이 포레스트로 출근했다.
 용산 후암동 언덕길을 올라가고 있는데 평소보다 차량들이 많았다.
 차준후는 공장 정문 근처에 몰린 많은 사람들과 차량들을 발견했다.
 "역시 오늘도 쿠션을 구매하러 온 사람들로 북적거리고 있구나."
 혁신적인 화장품을 발매할 때마다 벌어지는 일이었기에 이제는 익숙해졌다.
 쿠션을 비롯한 스카이 포레스트의 화장품은 그야말로 날개 돋친 듯이 팔려 나간다.

상인들 사이에서는 구매만 하면 떼돈을 버는 게 확정이라는 소리까지 나돌 정도였다.

"이번에는 사람들이 더 많이 모여들었네."

전국의 유통사들과 상인들이 꿀을 보고 달려드는 벌들처럼 몰려들 수밖에 없었다.

신기하게도 수많은 사람들이 몰려들었는데도 불구하고 차량들이 정체되지 않고 끊임없이 움직였다.

"자! 거기 트럭 아저씨, 도로 막지 말고 한적한 곳에 주차하고 오세요."

"내가 왜 그래야 하오? 난 스카이 포레스트에 화장품을 사러 왔소이다."

"스카이 포레스트에 처음 오셨나 보군요. 스카이 포레스트에서는 질서를 지키지 않으면 화장품을 사기 어렵다고요."

"처음 듣는 소리인데?"

"차준후 사장의 까칠한 성격 몰라요? 질서를 지키지 않고 망둥이처럼 날뛰면 화장품 냄새도 맡지 못한다고요."

"알겠소. 공터에 차를 주차하고 오겠소이다."

스카이 포레스트에 먼저 방문했던 상인들을 솔선수범해서 질서를 지켜야 한다고 강조하고 있었다.

스카이 포레스트의 경비들이 먼저 온 순서대로 상인들을 영업부로 안내했다.

"화장품을 구매해 주셔서 감사합니다."

영업부의 염보성이 트럭에 포장한 화장품 박스를 실고 난 뒤 상인에게 인사했다.

"별말씀을 다 하시오. 팔아 줘서 내가 고맙소이다. 다만 다음에는 보다 많이 구매할 수 있었으면 하는 바람이 있습니다."

"만족시켜 드리지 못해서 죄송할 따름입니다. 생산량을 늘릴 계획이니, 앞으로는 보다 많이 구매해 갈 수 있을 겁니다."

"기대하겠소이다."

거래를 마친 상인은 트럭에 구매한 쿠션을 비롯한 화장품들을 싣고서 빠르게 자리를 비웠다.

스카이 포레스트 공장 정문을 많은 차량들이 들어갔다 빠져나오기를 반복했다.

이전보다 많은 상인들이 스카이 포레스트를 찾은 것은 화장품 구매 계층의 폭이 넓어졌다는 반증이었다.

기존에 수입 화장품을 이용하고 있던 사람들까지 넘어오고 있었고, 새롭게 화장품을 구매하는 사람들도 늘어났다.

더군다나 이번 쿠션 베이직과 쿠션 톡톡의 가격은 착했다.

들어가는 재료의 원가가 저렴하면서 보편적인 화장품

이었기에 쿠션 베이직을 40환, 쿠션 톡톡은 70환으로 판매가를 책정했다.

세계 최고의 품질과 함께 국내 소비자들이 최대한 편하게 구매할 수 있도록 가격적인 면에서 여러모로 배려했다.

영업부의 모든 직원들이 몰려든 상인들에게 빠른 속도로 쿠션을 비롯한 화장품을 판매하고, 트럭에 포장한 물량을 쌓아 주면서 밖으로 내보내고 있었다.

해외무역부를 비롯한 다른 부서의 직원들까지 도와주면서 처리 속도가 올라간 덕분에 상인들의 기다림은 길지 않았다.

다만 스카이 포레스트 직원들은 숨 돌릴 틈도 없이 바쁘게 움직여야만 했다.

"직원들의 적절한 대응과 차례를 기다리는 상인들의 호응이 잘 이뤄지고 있구나."

차 안에서 지켜보고 있는 차준후는 무척 만족스러웠다.

어떠한 강제성 없이 물 흐르듯 자연스럽게 흘러가는 분위기에 기분이 고양됐다.

앞을 가로막고 있던 차량들이 사라지면서 검은색 포드 차량이 정문을 통과했다.

"이제 출근하시는 겁니까?"

"신수가 아주 훤합니다. 이번에 아주 대단한 화장품을

출시하셨습니다."

"만나기 힘든 스카이 포레스트 사장님을 아침부터 만나게 돼서 오늘 운이 아주 좋을 것 같습니다."

몇몇 상인들이 차에서 내린 차준후을 알아보고서 잽싸게 달려왔다.

"잘들 지내셨습니까?"

그전부터 화장품을 거래했던 상인들이었기에 차준후도 아는 체를 했다.

"덕분에 잘 지내고 있지요."

"이번에 쿠션을 공급해 준다고 해서 부산에서 새벽부터 달려왔습니다."

"아주 대단한 화장품을 출시하셨소이다. 정말 훌륭한 일을 해내셨소. AFKN에서 방송되는 걸 보고 감격에 빠져들었다오."

상인들이 차준후를 둘러싸고 이야기를 마구 토해 냈다.

지켜보고 있던 다른 사람들도 곧바로 몰려들어 덩치를 키워 나갔다.

주변에서 둘러싸고 있는 사람들은 차준후와 한 번이라도 시선을 마주치거나 대화하기 위해 갖은 노력을 기울였다.

적극적으로 달려드는 상인들을 상대하면서도 차준후가

여유를 잃지 않았다.

"부산에서 올라오셨죠?"

"저를 기억해 주셔서 영광입니다."

"부산을 비롯한 대도시들에 영업소를 개설할 예정이니까, 앞으로는 번거롭게 서울까지 올라오지 않으셔도 될 겁니다."

"지방 상인들을 신경 써 주셔서 감사합니다."

차준후는 본격적으로 전국 판매망 구축에 힘을 쏟기로 마음먹었다.

지금껏 생산 물량과 생산 품목의 수가 적었기에 유통에 크게 신경을 쓰지 않았다.

여러 가지 제약으로 인해 독자적인 판매와 유통망을 만들지 못했지만, 이제는 상황이 바뀌었다.

대량 생산을 할 수 있는 기반이 만들어졌고, SF유리와 SF우유, 광신전기까지 합치면 생산 품목도 많이 늘어난 상태였다.

연달아 혁신적인 제품들을 출시한 지금이 스카이 포레스트의 전국 판매망 구축에 있어 최고 효율적인 시기라고 판단했다.

"영업소 개설 계획이 어떻게 됩니까?"

"대도시에는 영업소가 모두 들어가고, 행정구역에 따라 바둑판처럼 세분하여 나눈 작은 단위 지역에는 통합

된 영업소가 개설될 예정입니다."

"전국에 탄탄한 유통망을 거미줄처럼 퍼트릴 생각이시군요."

"맞습니다. 유통 단계가 너무 길고 복잡해서 문제가 많다는 건 여러분들도 아실 겁니다. 생산자는 낮은 가격 때문에 아우성이고, 소비자는 비싼 가격 때문에 불만이다. 당면한 이 난제를 풀어야 모두가 좋아질 수 있습니다."

차준후는 가장 앞서가는 선두 기업으로서 유통 문제를 개혁하기로 했다.

대한민국의 유통은 생산자에서 소비자까지 이어지는 과정에서 항상 끼어 있는 도매상과 소매상으로 인해 많은 불협화음이 일어나고는 한다.

"쉽게 해결할 수 없는 문제입니다. 잘못하면 유통의 혼란이 일어나서 많은 손해를 볼 수가 있습니다."

"옳은 말입니다. 그래서 스카이 포레스트에서는 도소매상들과 함께 지방의 유통을 전문으로 하는 회사를 설립하여 공동 이익을 추구할 계획입니다."

차준후가 밝힌 계획은 오대양이 선보였던 유통 구조 개혁 방법이었다.

안타깝게도 오대양의 유통 구조 개혁은 실패로 돌아갔지만.

'내가 하면 다르지. 실패 원인에는 여러 가지가 있지만,

참가한 사람들에게 충분한 이득을 주지 못했다는 점이 가장 크다.'

스카이 포레스트는 오대양이 아니었고, 오대양의 실패 원인을 잘 알고 있는 차준후는 난국을 타개할 방법이 있었다.

'참여하는 사람들에게 이득을 충분히 안겨 주면 된다.'

차준후는 제조 회사만을 전문적으로 위하는 최초의 판매 회사를 기필코 성공시킬 작정이었다.

유통은 생산과 소비를 연결해 주는 핵심이다.

유통망을 장악하면 소비를 빠른 생산으로 연결하는 선순환 구조를 만들 수 있고, 이는 제조업 생산 규모의 성장으로 이어진다.

"충분한 이익을 보장해 드리겠다고 약속드립니다."

상인들에게 둘러싸인 차준후가 이익을 보장했다.

파격적인 선언이었다.

사탕발림일 수도 있었지만 차준후라면 신뢰가 갔다.

"저는 참가하겠습니다."

"차준후 사장님의 말이라면 믿을 수밖에 없지요."

미지근하던 상인들의 반응이 이익 보장 약속에 뜨겁게 바뀌어 버렸다.

전국적인 유통망을 스카이 포레스트 단독으로 구성하려면 많은 시간과 자금이 소모된다.

그러나 지방에서 올라온 지방 상인들을 포섭하여 단기간에 유통망을 만들어 버리려고 했다.

"유통 회사 설립에 참가하시고 싶은 분들은 영업부에 참가 의사를 밝히시면 됩니다."

"사장님! 여기는 저희에게 맡겨 주십시오."

염보성을 비롯한 영업부 직원들이 상인들을 상대하기 위해 대기하고 있었다.

"유통 회사에 참가하고 싶은 분들의 명단을 작성해 주시고, 한 분도 빈손으로 돌아가지 않도록 해 주세요."

"네, 사장님. 지시하신 대로 조치하겠습니다."

잔업까지 해 가면서 달라붙었기에 쿠션의 재고량은 적지 않았다.

그럼에도 불구하고 공급량보다 수급을 원하는 물량이 더욱 많았기에 상인들이 원하는 만큼 구입하기는 어려웠다.

빈손으로 돌아가지 않는다는 사실만으로도 대부분 상인들은 만족하고 있었다.

"여러분! 저는 들어가 보겠습니다."

"배려해 줘서 감사합니다."

"고맙습니다."

차준후가 상인들에게 인사하고서 발걸음을 돌렸다.

상인들이 멀어져 가는 그의 등에 대고 칭찬을 아끼지

않았다.

웃으면서 사장실로 향했다.

건물 안으로 들어서자, 평소보다 많은 사람들로 인해 북적거렸다.

직원들과 내부에서 화장품 구매계약을 진행하고 있는 사람들이 차준후에게 인사를 건네왔다.

차준후가 그들과 가볍게 인사를 주고받으면서 사장실로 향했다.

"사장님, 화장품을 출시할 때마다 전쟁이네요."

종운지가 아이스 아메리카노를 건네면서 이야기했다.

"화장품이 너무 잘 나와도 문제네요. 그렇지만 전쟁과도 같은 이런 문제는 언제든 환영입니다."

차준후가 커피를 받아 들고서 사장실로 들어섰다.

의자에 앉아서 커피 한 모금을 마시면서 책상 위에 놓인 신문들을 읽기 시작했다.

「쿠션 베이직과 쿠션 톡톡! 새로운 지평을 열다.」

「이처럼 흥미진진한 화장품은 처음이다.」

「화장품에 관심이 있는 여성이라면 쿠션은 꼭 사용해 봐야 한다.」

「혁신을 이뤄 낸 쿠션이다. 한 번이라도 이 쿠션을 사용하면 결코 다른 화장품을 사용할 수는 없다.」

「스카이 포레스트의 차준후가 다시 한번 큰일을 해냈다.」

모든 신문의 일면에서 쿠션과 스카이 포레스트와 차준후를 보도하고 있었다.
시대를 앞선 혁신적인 쿠션에 사람들이 열광했다.
끊임없이 새로운 화장품을 출시하면서 성과를 냈다.
국내 화장품 시장을 선도하면서 해외 시장까지 개척하며, 영역을 넓혀 나갔다.
스카이 포레스트의 놀라운 성장과 업적에 대한민국이 들썩였다.
"한동안 이슈가 되겠네."
차준후가 그간의 경험으로 신문 보도가 한동안 이어진다는 걸 알았다.
SF-NO.1 밀크와 유사한 일이 벌어지는 것이다.
그때에도 차준후와 스카이 포레스트, SF-NO.1 밀크에 대한 이야기들로 국내가 요란했었다.
자신과 관련된 일면을 읽은 뒤에 다른 기사들을 읽어나갔다.
그때였다.
따르르릉!
내선전화가 울렸다.

"네."
"사장님, 손님이 방문하셨어요."
"누구시죠?"
"티에리 캄벨 님입니다."
"들여보내 주세요."
차준후가 다소 놀랐지만 곧바로 대응했다.
미국에서 바쁘게 움직이고 있어야 할 티에리 캄벨이 한국에 왔다고?
문이 열렸다.
정장을 걸친 티에리가 웃으면서 사장실로 들어왔다.
"오랜만이네요. 잘 지내셨죠?"
"편안하게 지내고 있습니다. 앉으시죠. 쿠션 때문에 온 겁니까?"
차준후는 방문 이유를 물었다.
"맞아요. 저번에 미루다가 큰코다쳤으니, 이번에는 곧바로 날아왔어요."
"그렇군요."
세계적으로 대히트를 칠 것이 확실한 신제품!
이 화장품을 수입할 수 있다면 엄청난 거액을 벌어들이는 게 가능하다.
상품 가치를 알아본 해외의 기업들에서 수출 문의가 물밀듯이 들어오고 있었다.

그 탓에 해외무역부의 직원들은 밤낮없이 일해야만 했다.

"제가 너무 급하게 왔나요? 그렇지만 쿠션을 알게 되고서 가만히 있을 수가 없더라고요. 쿠션 베이직도 대단하지만 쿠션 톡톡은 정말 엄청난 물건이에요. 이런 혁신적인 화장품을 만들어 낸 사장님은 정말 천재입니다."

티에리가 차준후를 추켜세웠다.

"아이스커피 한 잔 드릴까요?"

"부탁드려요."

"여기 아이스커피 한 잔 가져다주세요."

차준후가 내선전화로 종운지에게 아이스커피를 부탁했다.

잠시 후.

노크 소리와 함께 종운지가 티에리의 앞에 아이스커피를 내려놓았다.

"고마워요. 잘 마실게요."

"제가 마땅히 해야 하는 일인데요."

발음과 단어의 구사 능력이 상당히 좋아진 종운지가 웃으며 영어로 대답한 뒤 밖으로 나갔다.

"여기 아이스커피가 그리웠어요. 요즘은 간혹 집과 직장에서 얼음을 넣어서 먹고는 하고 있어요."

차준후는 아이스커피를 전도했다는 사실에 만족하며

본론을 꺼냈다.

"그동안 신중하게 무역 거래 대상인 캄벨 무역회사를 살펴봤습니다."

커피를 한 모금 마신 티에리가 긴장한 안색으로 잔을 두 손으로 잡고 있었다.

최선을 다하고 있었지만, 스카이 포레스트의 간택을 기다린다는 건 여간 힘든 일이 아니었다.

미국의 대형유통사를 비롯한 큰 무역회사들까지 스카이 포레스트의 화장품을 구매하기 위해 뛰어들었다.

자금력이 풍부하면서 미국 전역에 힘을 발휘하는 큰 기업들이 있는데, 스카이 포레스트가 과연 작은 캄벨 무역회사와 거래를 틀 이유가 있을까?

시일이 지날수록 티에리의 걱정이 잔뜩 쌓여 갔다.

사실 스카이 포레스트에서는 우선 협상 기업을 내려놓고, 다른 대기업과 거래를 하면 그만이었다.

스카이 포레스트가 손해를 볼 부분은 하나도 없고, 반대로 이득만 많았다.

대답을 기다리면서 얼마나 긴장했는지, 그녀의 손에 들려 있는 커피 잔이 흔들리고 있었다.

"여러 조사를 거친 끝에 캄벨 무역회사가 구매력이 있는 믿을 만한 거래처라는 걸 알게 됐습니다. 스카이 포레스트와 거래를 트시겠습니까?"

차준후는 상공부에서 전해 준 자료와 미국에 파견된 해외무역부 직원들의 조사를 토대로 캄벨 무역회사가 탄탄하면서 믿을 수 있는 업체라고 판단했다.

"고마워요. 지금의 선택이 최선의 결정이었다는 걸 증명하기 위해서 더욱 열심히 노력할게요."

티에리가 환한 미소를 지었다.

그간의 마음고생이 눈 녹듯이 사라졌다.

"이제부터 계약 조건에 대해서 협상해 봅시다."

"품명과 수량, 가격, 거래 조건 등을 기록해 놓은 서류예요. 이대로 하자는 게 아니라, 우선적으로 생각해 놓은 조건들이라는 걸 알아주세요."

잔뜩 흥분한 티에리가 가방에서 미리 작성해 놓은 계약서를 꺼내었다.

"물론이죠. 조건은 협상을 통해서 서로 합의해야 합니다."

차준후는 그간 무역 서적과 해외무역부의 직원들을 통해 무역 거래에서 합의해야 할 사항들이 많다는 걸 공부했다.

포장, 선적 항구, 선적 기일, 결제 방식 등 수출을 하려면 절차가 복잡했다.

핵심적인 내용 하나만 잘못 기록해도 커다란 손해를 볼 수도 있었기에 세심하게 따져 봐야만 한다.

"음! 구매 가격과 판매 가격 및 결제 방식은 스카이 포레스트에서 정하는 걸 따라 줬으면 합니다. 이 부분에 있어서는 협의가 있을 수 없습니다."

차준후는 계약 조건에서 중요한 부분을 꺼내 들었다.

수출 과정에서 가격과 결제 방식은 합의에 있어 많은 불협화음이 일어나는 분야이다.

가격과 결제에 이견이 발생해서 수출이 무산되는 경우가 적지 않았다.

"아! 한국에서처럼 미국에서도 가격을 통제하겠다는 이야기네요."

"맞습니다. 미국에서 유통시킨다고 해도 스카이 포레스트의 가격 정책을 따라 줘야만 합니다."

"받아들일게요. 유럽의 유명한 화장품 업체들은 미국에서 판매 가격을 직접 정하고 있으니까, 부담이 되는 조건도 아니에요. 결제 방식 역시 계약서에 따라서 지급될 수 있도록 할게요."

티에리가 가격과 결제 방식을 순순히 받아들였다.

"수입 물량 금액은 얼마를 생각하고 있습니까?"

"저번에 70만 달러를 이야기했는데, 쿠션을 비롯한 다른 화장품들까지 합해서 모두 200만 달러를 원해요."

그녀는 주거래은행을 통해 대출금을 최대로 받을 수 있도록 조치를 해 뒀다.

이번 기회에 가용할 수 있는 모든 자금을 투입했다.

"200만 달러면 괜찮은 금액이군요."

차준후가 나쁘지 않다는 듯 여유로운 모습이었다.

200만 달러.

최초 화장품 수출 금액으로 치면 엄청난 금액이었다.

화장품 수출만으로 수억 달러를 벌어들이는 시대에서 살았던 차준후였기에 200만 달러는 그렇게 크게 느껴지지 않았다.

'역시 놀라지 않네. 배포가 엄청난 사람이야.'

티에리가 차준후를 살피고 있었다.

별거 아니라는 태평한 모습이 무척이나 인상적이었다.

"스카이 포레스트와의 첫 거래이기 때문에 거래 은행에서 대출금액이 적게 나왔어요. 화장품이 미국에서 불티나게 팔려 나가면 거래 금액을 늘릴 수 있으니까, 너무 실망을 하지 말아 주세요."

"첫 거래로는 나쁘지 않다고 생각합니다. 너무 신경 쓰지 마세요."

"표정이 별로인 것 같아서요?"

"200만 달러라는 금액이 마음에 크게 닿지 않아서 그래요."

차준후가 솔직하게 심정을 밝혔다.

"캄벨 무역회사의 규모가 작아서 사장님을 만족시키지 못한다는 걸 잘 알고 있어요."

"괜찮다니까요."

"실망하신 거 알고 있으니까, 생각해서 좋게 말하시지 않아도 괜찮아요."

잔뜩 오해하고 있는 티에리였다.

200만 달러어치 화장품을 생산해서 수출하라면 그야말로 스카이 포레스트가 엄청나게 바쁘게 돌아가야만 했다.

대량 생산을 할 수 있는 기틀을 마련해 놓아서 그나마 시간을 단축할 수 있었다.

만약 자동화 설비를 추가로 설치하지 않았다면 그야말로 직원들의 노동 강도가 크게 심할지도 몰랐다.

"……네."

평행선을 그리는 대화 내용에 차준후가 그냥 납득하고 넘어갔다.

대화하다가 상대의 오해를 받는 경우에 나름 익숙했다.

"찾아오기를 잘했네요."

그녀는 캄벨 무역회사가 크게 성장할 수 있는 기회를 잡았다는 사실에 크게 고무됐다.

스카이 포레스트에 지금까지 많은 공을 들였던 것이 마침내 성과로 이어졌다.

계약이 이뤄졌으면 하는 바람이 있었지만, 혁신적인 화장품 쿠션 톡톡까지 출시되면서 안 될 수도 있다는 생각을 가졌다.

갈증을 느낀 그녀가 커피 한 모금을 마셨다.

계약의 주도권을 가진 건 차준후였고, 티에리는 고분고분 받아들이면서 최대한 빨리 수출해 달라고 보챘다.

"SF-NO.1 밀크 프리미엄 제품의 구매 가격으로 7달러를 제시하겠습니다."

프리미엄이 붙은 고급품이라곤 하지만 기본적으로 국내에서 판매하고 있는 제품과 동일한 성분으로 제조된다.

다만 안티 에이징 성분을 더욱 풍부하게 해 주는 재료만 더 들어갈 뿐, 제조 원가는 크게 달라지지 않는다.

"좋아요."

갑의 위치에 있는 차준후였지만 납득할 수 있는 가격과 결제 방법을 제시하였고, 티에리의 얼굴에도 미소가 피어났다.

제시받은 7달러 금액만으로도 커다란 이익을 볼 수 있었기에 만족스러운 그녀였다.

두 사람이 사장실에서 한동안 계약에 관련된 이야기를 주고받았다.

캄벨 무역회사와 맺은 스카이 포레스트 미국 수출주문이 확정되면서 세부적인 계약 내용이 마무리됐다.

수출 품목, 거래 조건과 단가, 총액 200만 달러, 포장과 물건을 싣고 내리는 항구, 결제 방법이 모두 망라된 계약서가 작성됐다.

그녀는 무역회사의 수장답게 이런 거래에 익숙했고, 열심히 공부한 차준후도 수월하게 대처했다.

"물품 대금을 입금을 위한 신용장 개설을 부탁드릴게요."

티에리는 최대한 빨리 미국에서 스카이 포레스트 화장품을 만나 보고 싶었다.

"곧바로 처리하겠습니다."

해외 무역 거래에 있어 서로 간에 안심할 수 있게 신용장 개설은 필수였다.

"파견된 해외무역부 직원들과 함께 일하는 데 어려움은 없습니까?"

합의를 마친 차준후가 물었다.

"전혀 없어요. 직원들이 대단히 열정적으로 일해서 따라가기 힘들다는 점을 빼고는요."

티에리는 밤낮없이 일하는 한국인들을 보면서 혀를 내둘렀다.

미국인들은 정해진 일과 시간을 제외하고는 칼처럼 가정으로 귀가하고, 가정에서 절대로 일하지 않는다.

그런데 스카이 포레스트 직원들의 사무실은 밤늦게까지 불이 환하게 켜져 있다.

"하하하하! 다들 스카이 포레스트와 본인, 가족을 위해서 열정적으로 일하는 분들이죠."

미국 시장 개척을 위해 직원들이 정말 열심히 일하고

있었다.

해내고야 말겠다는 열정과 의지를 보여 주고 있는 직원들에게 충분한 보상을 해 줘야만 한다.

차준후는 두둑한 성과급을 지급해서 직원들에게 일하는 보람이 느끼게 만들 생각이었다.

"미국 소비자들이 사장님이 만든 화장품을 얼마나 간절하게 찾고 있는지 아세요?"

"아직 수출이 안 됐는데, 찾고 있다고요?"

"방송에 보도된 이후 백화점이나 대형마트에서 SF-NO.1 밀크와 쿠션 톡톡을 찾는 손님들이 많이 늘어났어요."

"좋은 소식이네요."

"백화점이나 대형마트, 유통사들이 밀크와 쿠션 톡톡을 구매하기 위해 노력하고 있어요."

"음! 요즘 해외무역부에 구매를 원한다는 외국인들의 전화가 많이 온다고 했는데, 그 때문인 것 같군요."

해외무역부 직원들이 구매를 원하는 외국인들의 전화와 방문에 시달렸다.

스카이 포레스트 정문에서 서성거리는 금발의 외국 바이어들을 심심치 않게 볼 수 있었다.

화장품 구매를 위한 치열한 다툼에 외국인들도 합류했다.

"미국에서 화장품을 생산할 생각은 있으신가요? 미국

현지에 공장을 세우면, 여러모로 좋을 것입니다. 수출하는 번거로움이 사라지는 건 덤이고요."

티에리가 회심의 제안을 건넸다.

대한민국에서 원료와 시설에 제한을 받아 가며 만드는 것보다 월등히 낫다고 생각했다.

스카이 포레스트는 대량으로 소비하는 미국 시장에 대응할 필요가 있었다.

"미국 법인을 설립하고 난 뒤, 미국 현지에 공장을 세울 생각이긴 합니다. 미국 현지에서 생산하면 운송비와 제작 환경 등 좋은 점이 많은 것이 사실이니까요."

대량 소비 미국 시장 공략의 가장 중요한 부분은 바로 대량 생산 체제였다.

지금의 스카이 포레스트가 국내 생산만 고수하면 미국 시장의 물량을 맞추기가 사실상 어렵다.

현지에 세운 공장에서 미국 물량을 책임지고, 국내 공장에서는 미국을 제외한 다른 해외 국가에 수출을 하면 된다.

제2장.

신용장

신용장

'내년에 등장할 독재자를 대비해서 미국에 생산 공장을 만들어 놓아야 한다.'

미국과 연결된 끈을 만들어 놓으면 든든한 우산이 되어 줄 수도 있다.

독재자도 미국의 눈치를 봐야만 하니까.

게다가 1호 부정 축재자로 국내 재산이 모두 압수당한다고 해도 미국 공장이 남게 된다.

돈 한 푼 없어도 괜찮지만 이왕이면 있는 게 나았다.

차준후는 최악의 경우까지 염두에 두고 있었다.

"잘 생각하셨어요."

티에리가 크게 반겼다.

스카이 포레스트의 미국 공장은 캠벨 무역회사를 크게

키워 줄 수 있는 기회가 될 것이다.

일부분이라도 수입하지 않고 현지 공장과 거래하면 물류비 절감 등 양측 모두에게 좋은 점이 너무나도 많았다.

"스카이 포레스트에 이득이 되는 제안을 해 주셔서 감사합니다."

"뜻이 통한 거죠."

"다음에도 좋은 생각이 있으면 편하게 말씀해 주셨으면 합니다."

"그렇게 할게요."

차준후는 고견에 경청할 자세가 되어 있었다.

1960년대 국내에서 벌어진 일도 잘 모르는데, 대양 건너편 미국의 현지 사정은 더욱더 문외한이었다.

커다란 역사적 사실은 알아도 미국 시장에 진출했을 때 아는 바가 전무하다고 해도 틀린 말은 아니었다.

혁신적인 화장품들로 무장해서 진출하지만, 다방면으로 위험이 도사리고 있다는 건 분명했다.

한 걸음 한 걸음 잘못 내디뎠다가는 곧바로 낭떠러지로 떨어질 수도 있었다.

사업에 있어서 크고 작은 위험은 항상 도사리고 있다.

혁신적인 기술을 가지고 있는 기업들도 잘못된 선택으로 인해 파산하거나 휘청거린다.

이런 위험성을 줄이기 위해서는 주변 사람들의 조언을

들으면서 미국에서 스카이 포레스트의 튼튼한 기초를 다져야만 한다.

"이번에 미국으로 돌아갈 때, 밀크와 쿠션 톡톡을 구매할 수 있을까요? 대행사라는 걸 알고서, 달라고 하는 거래처와 지인들이 많아서요."

그녀는 본격적인 수출에 앞서 상류층 지인들과 기존 거래처들에 스카이 포레스트의 화장품을 뿌릴 생각이었다.

입소문을 비롯한 광고 효과를 보기 위함이기도 했지만, 스카이 포레스트의 대행사라는 사실이 알려지면서 많은 곤욕을 치러야만 했다.

방송 보도를 통해 유명해진 밀크와 쿠션 톡톡을 달라고 하는데, 물건이 있어야 줄 수 있을 것 아닌가.

"생산하고 있는 제품들을 종류별로 넉넉히 가져갈 수 있도록 챙겨 드리죠."

차준후가 티에리의 요구를 승낙했다.

물건이 없어서 사람들에게 주지 못하는 곤혹스러움을 잘 알았기에 난처한 처지를 해결해 줬다.

약간 다르기는 하지만 출근하면서 정문에서 겪었던 상황과 비슷했다.

"고마워요. 제가 한국에 들어간다고 하니까, 대량으로 구매해 달라고 한 지인들이 많아요."

"외국인들도 구매 제한이 있기에, 대량 구매는 어렵습

니다."

 상공부의 비공식 요청으로 인해 달러로 구매하는 외국인들을 다소 배려해 주는 것일 뿐, 대량 구매는 불가능했다.

 외국인들의 화장품 구매가 늘어나면 지금의 구매 혜택을 점차 축소시킬 예정이었다.

 저렴한 가격은 어디까지나 한국인들을 위한 혜택이었으니까.

 "대량 생산을 할 수 있으면 좋을 텐데, 정말 아쉬워요."

 "원료를 대량으로 구하기 어려워서 어쩔 수 없는 일입니다. 시설과 장비 등 여러 면에서 대량 생산에는 부족함도 있고요. 시간을 두면서 하나씩 해결해 나갈 생각입니다."

 답답한 국내 현실 때문에 제약을 받고 있었지만 차준후는 해낼 수 있다는 자신감으로 넘쳤다.

 스카이 포레스트의 사업은 새로운 단계로 접어들고 있었다.

 혁신적인 화장품을 연달아 출시하면서 회사의 이익이 크게 증가하였고, 직원들의 수가 늘어났으며, 시설 장비도 조금씩 자동화를 갖춰 나갔다.

 창업한 지 반년 정도의 짧은 시간 동안 이뤄 낸 성과였다.

"사장님만 믿어요."

"좋은 결과로 이야기하겠습니다."

"스카이 포레스트의 화장품들은 모두 좋아요. 그런데 안타까운 점이 있다면 소비자들에게 다양하게 접근할 수 있도록 좀 더 다양한 화장품들을 만들었으면 하는 바람이 있어요."

해외 시장을 적극적으로 개척하기 위해서는 스카이 포레스트의 생산 품목이 다양해져야만 한다.

"그렇지 않아도 생산 모델들을 늘리기 위해 연구하고 있습니다."

차준후의 머릿속에는 깐깐한 여성 소비자들에게 신드롬을 일으킬 화장품들이 많았다.

"어떤 걸 연구하고 있는지 물어봐도 될까요?"

티에리가 반짝거리는 눈으로 차준후를 바라봤다.

그녀도 한 명의 여성으로 스카이 포레스트의 화장품에 푹 빠져 있었다.

"열심히 연구하고 있습니다."

이미 연구는 끝난 상태였기에 차준후가 정확한 답변을 회피했다.

시설 장비와 상황에 따라 다음으로 생산해 낼 화장품을 선택할 예정이었다.

이런 속사정을 말할 수는 없는 노릇이다.

"하아! 당연히 기밀을 유지해야겠죠. 제가 너무 무리한 요구를 해서 죄송해요."

티에리가 잔뜩 실망하면서도 연구에 대해 밝히지 않는 걸 이해하였다.

화장품을 비롯해서 기업은 보안이 매우 중요했다.

연구소에서 연구와 개발을 진행하면서 어느 정도 성과를 거두기 전에 다른 공장이나 기업에서 먼저 화장품을 개발해 내면 그야말로 닭 쫓던 개 지붕 쳐다보는 꼴이 될 수도 있었다.

혁신적인 화장품은 끊임없는 노력과 고생의 결과물이었다.

그런 결과물을 먼저 알아내려 한 건 어떻게 보면 산업스파이로 오해받을 수도 있는 일이었다.

"그렇게 미안해하지 않아도 됩니다."

"앞으로 조심할게요. 회사라면 기밀 보호가 기본일 텐데, 저도 모르게 본능적으로 물어보고 말았어요. 출시될 때까지 조용하게 기다릴게요."

티에리는 한사코 사죄했다.

'솔직히 외부에 연구 분야가 알려져서 다른 기업들과 경쟁해도 압도적으로 뛰어난 화장품을 선보일 수 있는데.'

정작 차준후 본인은 누구에게도 지지 않을 자신이 있었다.

"……네."

기밀 보호와는 전혀 다르지만 차준후가 오해를 받는 상태로 받아들였다.

뭐랄까, 나름 익숙했다.

웃기게도 오해를 받으면 받을수록 더욱 천재로 대우받는다는 이상한 결과로 이어졌다.

* * *

차에서 내린 차준후가 용산의 조아 은행으로 들어갔다. 월말에 가까워졌기 때문인지 내부에는 고객들로 북적거렸다.

의자에 앉아서 대기하려고 했는데, 차준후를 알아본 창구의 여직원 얼굴에 놀란 기색이 역력했다.

벌떡 일어난 여직원이 재빨리 지점장 한은태에게 달려갔다.

"안녕하십니까. 귀빈실로 모시겠습니다."

허리를 깊숙하게 숙여 인사한 한은태가 차준후를 직접 안내했다.

"지점장이 저렇게 행동하는 건 처음 본다. 체면을 따진다고 봤는데, 허리를 구십 도로 숙일 줄도 아는 사람이었어."

"대체 누구인데 저렇게 귀빈 대접을 해 주는 걸까?"
"아! 나도 귀빈실에서 대우받으면서 거래하고 싶다."
사람들은 은행 전체가 분주하고 움직이고 있다는 사실에 놀랐다.
다시 방문한 귀빈실은 저번보다 깔끔하면서도 고급스럽게 재단장되어 있었다.
차준후가 엉덩이와 허리를 부드럽게 감싸 주는 소파의 부드러운 감촉을 제대로 느꼈다.
여직원이 테이블 위에 아이스커피를 올려놓고 밖으로 나갔다.
은행의 직원들이 미리 준비라도 한 것처럼 일사불란하게 움직여서 차준후를 대접했다.
실제로 한은태가 직원들과 함께 직접 움직이면서 준비하기까지 했었다.
"용산 지점을 다시 찾아 주셔서 감사합니다."
"신용장 개설을 위해서 찾아왔습니다."
이 당시에는 외환은행이 없었기에 신용장 개설을 위해서는 수출입 업무를 담당하는 한국은행으로 가야만 했다.
원래라면 차준후도 한국은행을 방문해야만 했는데.
조안 은행 용산 지점의 한은태 지점장은 스카이 포레스트의 미국 수출이 코앞으로 다가왔다는 사실을 인지하고서 본점에 수출입 업무를 할 수 있는 허가 요청서와 함께 인원 요청 계획서를 보냈다.

조아 은행 본점에서는 이번 스카이 포레스트의 수출 업무가 단발로 끝나지 않을 거라는 판단을 내렸고, 대승적인 차원에서 허가를 내줬다.

조아 은행에서 최초로 용산 지점에 스카이 포레스트만을 위한 수출입 업무 전담 부서가 만들어졌다.

"잘 찾아오셨습니다."

한은태가 회심의 미소를 지었다.

그동안 노력한 결과가 마침내 결실을 이루게 됐다.

"가까운 곳에 저희를 잘 대해 주는 은행이 있어서 굳이 한국은행으로 갈 필요성을 느끼지 못했습니다."

차준후는 주거래은행으로 조아 은행 용산 지점을 이용하고 있었다.

"앞으로도 잘하겠습니다. 잠시만 기다려 주십시오. 수출입 업무를 담당하는 직원을 데리고 오겠습니다."

밖으로 나갔던 한은태가 곧바로 젊은 남자 직원과 함께 귀빈실로 다시 들어왔다.

"스카이 포레스트의 사장님이십니다. 인사드리세요."

"인사드리겠습니다. 수출입 업무를 담당하고 있는 박동영 과장이라고 합니다."

"앉아서 말씀하세요."

"감사합니다."

한은태와 박동영이 차준후 앞에 조심스럽게 앉았다.

저번에도 그랬는데, 용산 지점 귀빈실을 방문하면 상전 대우를 받는다.

그도 그럴 것이 박동영 과장의 수출입 업무는 오직 차준후에게만 달려 있었다.

용산 지점에 오고 난 뒤 창구부서의 일을 간간이 돕기는 했지만, 상점으로 치면 지금껏 개점휴업이나 마찬가지였다.

이제 첫 손님을 맡아서 개시할 수 있게 된 셈이었다.

"신용장 개설 신청을 도와드리겠습니다. 상업송장과 포장명세서, 수출 계약서 등의 서류를 준비해 오셨습니까?"

"여기 있습니다."

차준후가 캄벨 무역회사로부터 받은 신용장을 비롯한, 준비해 온 모든 서류들을 올려놓았다.

신용장의 내용과 이상 없음을 확인한 뒤에 수출에 필요한 서류들을 준비했다.

해외무역부 직원들이 분주하게 움직여서 수출 업무에 필요한 모든 걸 마무리 지었다.

"잠시 살펴보겠습니다."

박동영이 제출받은 내용을 검토하면서 이상 여부를 꼼꼼하게 살폈다.

"200만 달러……."

신용장 개설 금액을 살펴보던 박동영의 눈동자가 지진이라도 난 것처럼 흔들렸다.

한은태 지점장이 귀인처럼 여겨야 한다고 누누이 강조하는 차준후를 대단하다고 생각하고 있었지만, 한 방에 200만 달러 수출을 기록할지 꿈에도 상상하지 못했다.

"헉! 200만 달러 수출 계약이로군요. 축하받아 마땅한 대단한 성과입니다."

한은태가 차준후를 추켜세웠다.

틈만 나면 대단하다고 말하는 아부성 짙은 발언이었다.

"약소합니다. 이제부터 시작인 거죠."

억 단위의 금액으로 단련이 되어 있기 때문에 차준후가 대수롭지 않게 이야기했다. 그리고 사업적으로 크게 성공을 하면 200만 달러는 가볍게 여길 수 있는 금액이기도 했다.

1960년대, 달러가 귀한 시절 200만 달러는 그야말로 엄청난 거액이었다.

"물론입니다. 빠르게 성장하고 있는 스카이 포레스트에게 있어 200만 달러는 약소한 게 틀림없습니다."

스카이 포레스트의 성장은 은행과의 거래 빈도와 액수의 급격한 증가를 의미했고, 이는 곧 한은태의 성과로 이어진다.

"꼼꼼하게 준비해 온 서류들이 모두 완벽해서 신용장 개설에는 문제가 없습니다. 기다려 주시면 빠르게 신용장과 수출대금을 받을 수 있는 계좌를 만들어 드리겠습니다."

"부탁드립니다."

박동영을 필두로 조아 은행 직원들이 분주하게 움직였지만 1960년대 신용장 개설 과정은 무척이나 많은 시간을 필요로 했다.

차준후는 은행 귀빈실에서 한 시간 이상을 한은태와 대화를 나눠야만 했다.

* * *

"신용장 개설을 끝마쳤습니다. 오래 기다리게 해서 대단히 죄송합니다."

"최대한 노력해 주신 점 알고 있습니다."

"알아주셔서 고맙습니다."

"다음에 다시 방문하겠습니다."

차준후가 은행의 적극적이면서 철저한 서비스에 만족했다.

"감사합니다. 부족한 점이 있으면 언제라도 말씀해 주십시오."

"감사합니다. 최선을 다해 모시겠습니다."

한은태와 박동영이 허리를 구십 도로 숙였다.

이번 신용장 개설을 통해 조아 은행에서 그들은 탄탄대로를 달리게 됐다.

스카이 포레스트에서 해외 수출 대금 200만 달러로 받게 되면 용산 지점의 수탁고가 일순간 폭발적으로 증가하게 된다.

그것도 원화가 아닌 달러 수탁이었다.

1960년대 국내에는 달러가 아주 귀했으니, 200만 달러를 수탁하고만 있어도 배가 부를 지경이었다.

스카이 포레스트의 수출은 이제 막 시작이었고, 앞으로 더욱 폭발적으로 늘어날 게 틀림없었다.

"조심해서 돌아가십시오."

"다음에 뵙게 될 날을 손꼽아 기다리고 있습니다."

두 사람이 주차장까지 따라 나와 차를 타고 떠나가는 차준후를 배웅했다.

차준후가 은행을 벗어나며 사이드미러를 바라봤다.

두 사람이 이제 막 굽혔던 허리를 펴고 있었다.

"훗! 인사가 너무 과하니까 찾아가기가 살짝 무섭네."

그래도 과한 대우가 싫지는 않았다.

지점장과 수출입 업무 담당하고 있는 은행 직원들이 과도한 친절을 베푸는 이유를 잘 알았다.

스카이 포레스트의 수출을 예측해서 선제적으로 대응한 지점장과 은행의 대처를 높이 평가했다.

앞으로 용산 지점 조아 은행을 더욱 자주 이용할 것만 같았다.

* * *

「대한(大韓)의 화장품이 드디어 미국으로 수출된다!」
「스카이 포레스트 200만 달러 미국 수출 계약 성사!」
「이른 아침부터 저녁까지 생산으로 분주한 스카이 포레스트 공장을 방문하다!」
「수출을 위해 내달린 차준후 사장의 집념이 마침내 이뤄진다!」

스카이 포레스트의 수출 계약에 대한 이야기가 신문에 대서특필됐다.

어둡고 좋지 않은 정치 이야기와 가난한 국내 이야기들 등으로 도배되던 일면에 차준후와 스카이 포레스트 기사가 요즘 들어 끊이지 않고 흘러나왔다.

국민들은 기사를 보는 것만으로도 즐거웠고, 신문을 보는 게 신이 났다.

지금껏 신문을 보지 않던 사람들마저 신문을 사서 볼

정도였고.

이는 신문사들의 매출로 이어졌다.

당연히 이 모든 상황을 인지하고 있는 신문사들은 앞다퉈서 스카이 포레스트의 특종을 기사로 싣기 위해서 경쟁했다.

"이야! 요즘 들어서 신문 볼 맛이 나는군."

"정치 기사를 읽으면 짜증이 팍 솟구치는데, 경제면의 스카이 포레스트 기사는 매일 보고 싶어."

"200만 달러 수출이라니! 정말 대단하다."

대한민국에 놀라운 수준의 화장품 기업이 나타났다.

한국 화장품 수준은 사실 미국에 비교할 수 없다는 게 정설처럼 굳어져 있었고.

해외에서 유행하고 있는 제품들을 불법적으로 베껴서 만든 조악한 품질의 화장품들이 범람하고 있는 시기였다.

"200만 달러면 대체 우리나라 돈으로 얼마인 거야?"

"환율이 얼마더라…… 하여튼 엄청나게 많은 돈인 것 확실해."

"그런 말은 나도 하겠다. 요즘 환율이 대략 650환이라고 했어."

"대략 13억 환 정도 되겠네."

"우와! 이렇게 보니까, 확 와닿는다."

달러로만 했을 때는 그저 막연히 많은 돈이겠구나, 싶었는데.

계산해 보니 금액이 현실적으로 다가와 입이 떡 벌어질 정도였다.

"국내에서 잘나간다고 생각하고는 있었어. 그런데 이제 세계적으로도 잘나갈 것만 같아."

"난 스카이 포레스트가 세상에서 제일 잘나갈 수도 있다고 봐."

"맞아. 세계 최강인 미국에 화장품을 수출한다는 게 보통 일이 아니지."

사람들은 스카이 포레스트의 미국 수출에 대한 이야기를 나누면서 잔뜩 흥분하고 있었다.

암울한 내용들로 가득 차 있던 신문에 요즘 들어 즐거운 기사들은 과장을 조금 보태 스카이 포레스트와 관련된 것들뿐이었다.

가난하고 혼란스러운 대한민국에서 스카이 포레스트는 한국인들에게 한 줄기 희망과도 같았다.

"이런 날 그냥 넘어갈 수 없지. 오늘 막걸리 한 잔 어떤가?"

"좋지. 오늘처럼 좋은 날 술 한잔해야지. 그냥 넘어가자고 했으면 서운했을 거야."

"퇴근하고 나서 한잔하자고."

스카이 포레스트의 신문 기사가 일면에 실리면 술집 매출이 평소보다 폭발적으로 늘어났다.

 이로 인해 술집을 운영하고 있는 사장들은 매일매일 스카이 포레스트의 기사가 나오기를 기도하고 있었다.

* * *

 "200만 달러의 신용장이 개설됐다! 이제 200만 달러 수출이 코앞으로 다가왔다."

 홍종오가 크게 외쳤다.

 단독으로 빌린 술집 별채에 홍종오를 따르는 상공부 산업 정책국 사람들이 잔뜩 모여 있었다.

 "200만 달러! 200만 달러!"

 "13억 환! 13억 환!"

 "부국장님께서 적극적으로 스카이 포레스트를 도와준 덕분입니다."

 미국 수출을 위한 홍종오의 적극적인 움직임은 이미 상공부 내에 파다하게 알려졌고, 조만간 국장으로 승진한다는 소문까지 퍼졌다.

 "그대들이 모두 적극적으로 도와줬기에 내년에 국장으로 승진할 수 있게 됐다."

 홍종오가 측근들에게 국장 승진을 알렸다.

모시고 있는 상공부 장관에게 불려 가서 내년 산업 정책국 국장으로 승진할 거란 언질을 받았다.
　부하 직원들에게 승진을 알리는 그의 얼굴이 무척이나 밝았다.
　"우와아! 축하드립니다."
　"드디어 국장으로 올라가시게 됐군요. 이제부터 꽃길만 걸으실 겁니다."
　"선견지명으로 잘나가는 차준후를 미리 발견한 부국장님의 공이 누구보다 큽니다."
　"말은 바로 해야지. 발견한 게 아니라 차준후가 나를 찾아온 거야."
　"모로 가도 서울만 가면 되는 것 아닙니까. 부국장님이 밀어주시지 않았으면 차준후도 귀찮고 번거로운 경험을 했을 겁니다."
　"박 주무관의 말이 맞습니다."
　사람들의 얼굴이 환해졌다.
　부국장의 승진은 앞에서 끌어 주고 뒤에서 밀어주는 모임에게 있어 희소식이었다.
　"믿고 따라 줘서 고맙다."
　홍종오가 고개를 숙였다.
　사실 스카이 포레스트를 지원하면서 상공부 내부에서 불협화음이 일어났다.

반대 파벌에서 결과가 나오지도 않았는데, 스카이 포레스트에 화장품 재료를 몰아주는 건 특혜라고 지적하기도 했다.

 결국 이 문제를 홍종오가 장관과 담판을 벌여서 이번 수출 건에 한해서 먼저 도움을 주기로 결정지었다.

 만약 스카이 포레스트의 수출이 무산됐다면 홍종오의 관직 생활에 큰 문제가 발생했을 수도 있었다.

 홍종오가 안정적으로 일할 수 있음에도 불구하고 위험을 감수해 가면서까지 밀어붙였다.

 200만 달러 신용장 개설과 함께 홍종오에 대한 부정적인 기류는 눈 녹듯이 사라지고, 일 잘하는 공무원이라는 이미지가 형성됐다.

 "모두 부국장님께서 시키는 대로 따랐을 뿐입니다."
 "저희들은 부국장님을 믿고 있었습니다."
 "끝까지 따라가겠습니다."

 일각에서는 장관까지 탄탄대로가 열렸다는 얘기까지 흘러나왔기에 사람들이 홍종오를 더욱 추켜세웠다.

 이번 수출 건에서 세운 홍종오의 성과가 결코 작지 않았다.

 "장관님께서 같이 일할 수 있는 부국장을 말해 달라고 하기에 신윤환 자네를 추천했다네."
 "감사합니다."

자리에서 벌떡 일어난 신윤환이 허리를 구십 도로 숙였다.

"축하합니다."

"정말 잘됐습니다."

사람들이 신윤환에게도 박수와 함께 축하 인사를 건넸다.

"추천을 했지만 부국장 자리가 확정된 것은 아니야. 그러니까 부국장 자리에 올라가기까지 주변에서 잡음이 나오지 않도록 조심하게."

"명심하겠습니다. 한 잔 올리겠습니다."

"자! 다들 한잔하자고."

"건배사 하시죠!"

"산업 정책국의 밝은 미래를 위해서!"

"위해서!"

술자리가 흥겹게 이어졌고, 홍종오가 직원들이 권하는 술을 연거푸 시원하게 마셨다.

뿌듯했다.

높은 자리를 목표로 달리는 와중에서 전도유망한 사업가를 만나 관운이 시원하게 풀렸다.

'앞으로도 잘해 봅시다.'

홍종오는 차준후와 함께 계속 즐겁게 협업을 진행하고 싶었다.

* * *

"사장님께서 SF-NO.1 밀크와 쿠션 톡톡 등을 재고로 축적하라는 지시는 정말 탁월했습니다. 이런 상황을 예상하신 거잖습니까?"

"그렇습니다. 사장님. 국내 시장에 물건을 풀지 않고 미국으로 수출한다는 선택은 정말 놀라운 결정이었습니다."

최우덕과 문상진이 차준후를 추켜세웠다.

"캄벨 무역회사와 계약을 맺으면 곧바로 대응하기 위해서 물량을 준비해 둔 겁니다. 그런데 예상보다 많은 금액이라 당분간 추가 생산으로 직원들이 잔업을 해야 할 것 같네요."

"직원들이 잔업을 간절하게 원하고 있습니다. 잔업을 하게 된다는 이야기를 전하면 아마도 환호성을 지를 겁니다. 제발 잔업 시간을 더 할 수 있도록 해 달라고 성화였으니까요."

직원들이 뽑은 스카이 포레스트의 최고 복지는 역시나 잔업에 대한 보수 지급이었다.

다른 기업이나 공장들은 잔업이 많아서 직원들이 문제를 삼고 있는데, 스카이 포레스트는 잔업이 부족하다고 아우성이었다.

"원하는 직원들에 한해서 잔업을 시키셔야 합니다."

차준후는 칼퇴근을 원하는 직원들에게 잔업을 강요하지 말라고 지시했다.

"그런 직원들이 있을지 모르겠네요."

한 푼이라도 더 벌어서 집안에 보탬이 되었으면 하는 직원들이었다.

스카이 포레스트에서 잔업 시간이 2시간 추가로 이뤄졌다.

"이야호! 드디어 잔업 시간이 늘어났다."

"이런 날이 오기를 기다렸다고."

"사장님! 사랑합니다."

밤 10시에 퇴근하게 된 직원들이 신바람을 내면서 일했다.

언제라도 정시에 칼퇴근을 해도 괜찮다고 최우덕이 이야기했지만, 잔업에 직원들이 단 한 명도 빠지지 않았다.

말도 안 되는 소리를 한다고 직원들에게 핀잔을 듣기까지 했다.

스카이 포레스트가 부족한 수출 물량을 엄청난 속도로 생산해 냈다.

용산 후암동 공장 주변에 신문사 기자들이 벌 떼처럼 모여들었다.

사소한 기삿거리들도 매일 보도했다.

고부가 가치의 200만 달러 화장품 수출 이야기는 농수산물과 광물만 수출하던 대한민국 역사의 한 획을 긋는 대단한 이야깃거리였다.

「SF-NO.1 밀크 하나의 수출이 광물 10kg보다 많은 이익을 올린다.」
「한국 경제의 미래는 수출에 달려 있다.」
「기적을 써 가고 있는 스카이 포레스트 차준후 사장의 독점 인터뷰.」
「수출 물량만 대기에도 바쁜 스카이 포레스트지만 국내 시장이 먼저라는 차준후! 눈앞의 이익보다 국내를 먼저 챙기는 따뜻한 마음씨가 놀랍다.」
「스카이 포레스트는 한국을 빛내게 해 주는 기업이다.」
「대학생들 취업 1순위로 올라선 스카이 포레스트」

돌풍을 일으키고 있는 스카이 포레스트가 대한민국에서 엄청난 인기를 끌게 되었고, 차준후 사장은 대단한 사업가이면서 시대적 영웅으로 다시 한번 이름을 날렸다.

제3장.
제조업 유통 회사

제조업 유통 회사

 전통적이고 비효율적인 유통 구조를 개혁하기 위한 제조업 유통 회사의 설립 계획은 빠르게 실행됐다.
 유통을 통한 이득이 우선하지 않고 소비자와 생산자를 위한다는 점에서 기존 유통사들과 이질적이었다.
 "스카이 포레스트의 유통사 설립을 막아야 합니다. 제조업을 우선한다는 설립 이념은 유통업을 하는 기업들에 대한 중대한 도전입니다."
 "막아야 한다는 사실에는 절대적으로 동의합니다. 그런데 막을 수 있겠어요?"
 "……어렵겠죠. 그래서 손을 놓고 구경만 하자는 겁니까?"
 "애당초 스카이 포레스트는 자체적으로 화장품들을 유통하고 있습니다."

"우유와 유리, 형광등에 대한 유통을 거부하면 됩니다. 그걸로 압박하면 스카이 포레스트도 우리와 협상할 가능성이 있습니다. 유통사들이 단결해서 물건을 유통시키지 않으면, 어디 대한민국에서 사업을 할 수 있겠습니까?"

스카이 포레스트의 유통사 설립 소식에 놀란 론도, 성삼, 대현 등 대기업들과 전국적으로 조직망을 갖춘 대형 유통사들 관계자들이 서울 모처에서 모였다.

"까칠하고 더러운 차준후 사장의 성격으로 볼 때, 유통을 거절하면 더욱 거세게 반발할 겁니다."

"물건을 팔지 못하게 될 텐데요?"

"우유가 팔리지 않으니까, 국민학교에 대량으로 기부하는 사람입니다. 화장품에서만 200만 달러라는 수출 성과를 만들어 냈으니, 다른 계약사들의 물건이 팔리지 않아도 충분히 버틸 수 있습니다. 그리고 그걸 떠나서 유통 거절만으로는 상대가 눈 하나 깜짝하지 않습니다."

함께 머리를 맞대고 대책을 마련하려고 했지만 도통 시원한 해결책이 나오지 않았다.

"론도그룹이 스카이 포레스트의 친한 사이 아니오? 직접 만나서 대화하며 우호적으로 해결하는 것이 어떻겠습니까?"

성삼그룹에서 나온 임원이 론도그룹 관계자에게 제안했다.

사업에서 강제로 떨어져 나온 뒤 성삼그룹은 스카이 포레스트 협력사들의 성장을 손가락만 빨면서 구경하고 있었다.

참으로 답답한 상황이었다.

"우리 회장님에게 대놓고 면박을 주는 사람이 바로 차준후 사장이오. 그 까칠한 성격을 알면서 론도그룹을 호랑이 아가리를 떠밀려는 거요? 차라리 말을 꺼낸 성삼에서 나서면 좋겠습니다."

모임에 나온 관계자들 모두가 차준후가 협박해서 안 될 상대라는 걸 알았다.

괜히 협박하겠다고 나섰다간 큰코다칠 수 있었다.

게다가 진남호 회장이 절대 차준후의 심기를 거슬리지 말라고 그룹 전체에 엄명을 내린 상태였다.

"스카이 포레스트의 제조업 유통 회사의 핵심은 유통 단계를 줄이는 겁니다. 기존 유통 구조를 완전히 뜯어고치겠다는 것이죠."

"사실 길게 유통 구조를 유지하면서 배를 불린 면이 없잖아 있잖습니까?"

"지금 내부에 총질하는 겁니까? 시비를 따지자는 게 아니라 대책을 마련하는 자리입니다."

유통의 주도권을 가지고 있는 대기업들과 대형 유통사들은 기존의 권리와 이득을 포기하고 싶지 않았다.

하나로 똘똘 뭉쳐 새로운 유통사가 들어오려고 하면 합심해서 쫓아내거나 방해하였다.

이것이 가능했던 이유는 막심한 손해를 무릅써 가면서 그들과 격돌하는 기업이나 사업가가 없었기 때문이었다.

그런데 이제는 아니다.

막심한 손해를 깃털처럼 가볍게 여기는 차준후가 등장했다.

"론도는 이번 움직임에 참여하지 않겠습니다."

"……성삼도 빠지겠습니다."

대기업 두 곳이 방해 작업에서 빠진다고 선언했다.

방해하려는 측에서 볼 때 참으로 힘 빠지는 소리였다.

"하나로 뭉쳐도 상대하기 힘든데, 빠져 버리면 어쩌자는 것이요?"

"개인적으로 스카이 포레스트의 유통 회사 설립을 저지하고 싶습니다. 그런데 위에서 하지 말라고 하니 어쩔 수 없지요."

"위라면?"

"가장 높은 곳에서 내려온 지시 사항입니다."

"회장님이라는 말이군요. 론도그룹 회장님께서 스카이 포레스트의 눈치를 살피다니 부끄러운 일입니다."

"쯧쯧쯧! 아직 상황 파악을 제대로 하지 못하고 계시군요. 부끄러워야 하는 건 우리 회장님이 아니라 그쪽입니다. 부딪쳐서 박살 날 것이 뻔히 보이는데, 왜 싸우려는 겁니까?"

대한민국 유통 업계를 쥐락펴락하는 관계자들끼리 설전이 벌어졌다.

"그럼 어떻게 하자는 거요?"

"우리는 스카이 포레스트에 우호적인 자세를 취하거나 그렇지 않으면 방관할 겁니다."

이익을 위해 똘똘 뭉쳐 있던 모임에 심각한 균열이 일어나고 말았다.

제동을 걸어 보자고 만난 모임에서 서로의 입장 차이만 확인했을 뿐이었다.

* * *

전통적인 유통 경로의 문제를 타파하기 위한 제조업 유통 회사가 마침내 설립됐다.

자본금의 50%를 스카이 포레스트가 책임졌고, 나머지 50%를 차준후가 공동 출자했다.

스카이 포레스트의 지분을 차준후가 모두 가지고 있었으니, 공동이라고 해도 결국 모든 출자를 홀로 책임진 것과 마찬가지였다.

투자하겠다는 사람들이 줄을 섰지만, 어느 누구도 지분

을 차지하지 못했다.

서울, 부산, 대구, 광주, 대전 등 대도시와 경기도, 강원도 등의 행정권역에 제조업 유통 회사의 영업소가 만들어졌다.

각각의 영업소에 해당 지역의 도매상과 소매상들이 참가했다.

"일차적인 목표는 이뤘습니다. 이제 준비해 둔 이 차 목표를 터트립시다."

"반발하고 있는 유통사들이 그야말로 기겁하고 말 겁니다. 어떻게 이런 기발한 생각을 하실 수 있는지 감탄만 나옵니다."

문상진이 오늘도 차준후를 추켜세웠다.

아부성 발언이 아니라 차준후는 기존 유통 구조를 탈피하기 위한 충격적인 준비를 해뒀다.

"방문 판매를 창업 초기부터 해외 사례를 연구하면서 검토하고 있었습니다."

오대양은 유통 구조를 개혁하기 위해 방문 판매 제도를 꺼내 들었다.

방문 판매를 성공적으로 운영하려면 많은 조건들이 필요했다.

방문 판매가 가능한 제품과 시장 전체를 포괄할 수 있는 유통 조직, 그리고 마지막으로 수많은 인력이 뒷받침

되어야만 가능하다.

"제품과 조직, 인력을 빠르게 해결한 것이 놀랍습니다."

"강렬한 의지가 있으면 가능합니다."

미래에서 왔기에 가능하다고 말할 수는 없었기에 차준후가 스스로의 얼굴에 금칠을 해 버렸다.

세계 최고 품질의 화장품을 필두로 한 우유와 유리 제품들은 방문 판매하기에 적합했고, 방문 판매 전용 물품만 별도로 만드는 게 어렵지도 않았다.

스카이 포레스트의 모든 기업들이 자체적인 연구와 개발을 계속하고 있었고, 지속적인 설비의 현대화로 대량 생산이 가능했다.

상인들이 대거 합류한 제조업 유통 회사로 유통 조직을 단숨에 만들어 버렸다.

이제 마지막으로 필요한 건 방문 판매를 해 줄 인력이었다.

하지만 그것도 문제가 없었다.

실업률이 40%에 달하는 지금, 일하고 싶어 하는 사람들은 널려 있었다.

"모집 인원은 얼마나 생각하십니까?"

문상진은 차준후의 채용 규모가 궁금했다.

"일 차로 천 명입니다. 차츰 늘려 나갈 생각이고, 일만 명을 상회할 때까지 꾸준히 증가시킬 계획입니다."

"어마어마하군요."

작지는 않을 거라고 예상했지만 혀를 내두를 수밖에 없는 숫자였다.

너무 많은 직원을 채용하는 것이 아닌지 의문이 들기도 했지만, 확신에 찬 차준후를 보면서 기우에 불과하다는 걸 알게 됐다.

"최소 일만 명은 되어야 전국을 촘촘하게 그물망처럼 뒤덮을 수 있습니다."

"어떤 방식의 그물망입니까?"

"일차적으로 대도시 구마다 방문 판매 영업소를 개설할 계획입니다. 구의 인구가 적으면 다른 구와 묶어서 통합시키고, 점차 도시 밖 지역으로 그물망을 촘촘하면서도 넓게 퍼트릴 생각입니다."

"구역을 잘게 쪼개면 거미줄 같은 영업망 조직의 구성이 가능하겠군요."

"맞습니다. 영업소마다 서른 명 전후의 방문 판매원을 고용하면, 한 사람당 사백 가구를 담당할 수 있습니다."

차준후는 상공부를 통해 받은 도시의 인구와 가구 수를 면밀하게 분석해 뒀었다.

340개의 대도시들에 최초의 방문 판매 영업소를 일제히 설치할 계획이었다.

"준비해야 할 게 많겠군요."

"전무님이 어깨가 무겁습니다."

아무리 계획이 훌륭하다고 해도 실천해서 결과로 만들어 내는 건 다른 영역이었다.

그걸 해내는 건 결국 사람이었다.

340개의 영업소를 설치하고, 천 명의 방문 판매 직원들을 모집해야 한다. 모집한 방문 판매사원들에 대한 교육과 훈련 등 해야 할 일이 엄청났다.

방문 판매는 어렵고 힘들면서 일반인들에게 생소했기에 교육과 훈련은 꼭 필요했다. 한 번으로 끝나는 것이 아니라 지속적으로 오랜 시간 공을 들여야 하는 일이었다.

이런 사소한 일들까지 차준후가 직접 나설 수는 없는 노릇이었다.

그렇기에 조직과 체계를 만드는 데 있어 탁월한 문상진에게 은근슬쩍 떠넘겼다.

"믿고 맡겨 주십시오. 좋은 결과로 보답하겠습니다."

문상진이 무거운 책임감을 기꺼이 받아들였다.

엄청난 일을 수행할 수 있게 됐다는 사실이 즐겁기까지 했다.

그래.

이래야 오대양을 튼튼한 기반 위에 올려놓은 일등공신이라고 할 수 있지.

믿을 수 있는 핵심 인재에게 잡다한 업무를 떠넘긴 차준후였다.

톱니바퀴가 맞물려 돌아가는 것처럼 치밀하게 준비해뒀던 스카이 포레스트의 방문 판매 정책이 마침내 모습을 드러냈다.

「스카이 포레스트에서 투자한 제조업 유통 회사의 방문 판매 사원을 전국적으로 모집합니다.」
「여성 우대. 정규직 채용 조건으로 기본급과 함께 판매에 따른 성과급 지급.」
「우수 판매 사원 우대 정책.」
「전국에서 1차로 방문 판매 사원 1,000명을 모집합니다.」

신문과 잡지에 방문 판매사원 모집에 관련된 광고가 게재됐다.

보수적 사회의식으로 인해 여성들이 경제 활동에 참여하기 어려운 시기였다.

식모, 식당 설거지, 전화 교환원, 버스 차장 등의 여성 일자리는 보수가 무척이나 박했다.

일의 강도는 무척이나 강한데, 보수는 그에 미치지 못했다.

대한민국에서 여자로 태어났다는 사실 때문에 고된 일을 하면서도 돈은 쥐꼬리만큼 받아야만 했다.
그러나 스카이 포레스트가 투자한 제조업 유통 회사의 방문 판매 사원은 달랐다.
"스카이 포레스트에서 방문 판매 사원을 모집한다는 이야기 들었어?"
"하늘숲에서 직원을 모집해?"
"응! 무려 천 명이나 채용한다고 하더라. 여성을 우대하겠다는 문구도 있어."
"화장품 회사이니까, 여성들을 우대하는 정책을 선보이네. 다른 화장품 기업들이 스카이 포레스트를 본받아야만 해. 물건은 여성들에게 팔고, 일자리는 남자들에게만 주잖아."
"기본급만 해도 공장에서 일하는 것보다 두 배는 많아. 그런데 많이 팔면 성과급을 또 준다고 하더라."
"직원들 대우가 하늘처럼 높다고 하더니, 이번에도 마찬가지구나. 여성이라고 차별을 하지 않아서 정말 좋다."
"지원해 볼 거야?"
"당연하지. 공장에서 먼지 잔뜩 먹으면서 일하는 건 이제 싫어. 난 스카이 포레스트에서 일하고 싶어."
"같이 지원하자."
"함께 채용되어서 집안을 일으켜 보자."

그녀들은 결연한 표정을 지었다.

제조업 유통 회사 소속의 방문 판매원 모집이었지만 사람들은 스카이 포레스트라고 여겼다.

차준후가 100% 지분을 가지고 있었기 때문에 딱히 틀린 말도 아니었다.

채용 소식은 엄청난 속도로 퍼져 나갔다.

채용 소식을 접한 사람들이 무려 1,000명의 채용 소식에 열광했다. 어려운 경제 탓에 단번에 1,000명을 고용하는 기업을 찾아보기가 어려운 시기였다.

집에서 놀거나 직장이나 대학교를 다니는 모든 사람들이 이번 채용에 촉각을 곤두세웠다.

취직만 하게 된다면 성공의 탄탄대로를 달릴 수가 있었다.

* * *

차준후가 점심으로 치즈돈가스를 먹고 공장으로 돌아가는 중이었다.

"사장님, 잘 먹었습니다."

"돈가스에 치즈를 넣어서 먹으니 정말 맛있었습니다."

후암동에 새롭게 창업한 돈가스집은 치즈돈가스를 출시하고 난 뒤 구름처럼 많은 손님들로 장사진을 이루고 있었다.

"저도 무척 만족스러운 식사였습니다."

1960년대 처음으로 먹은 치즈돈가스는 아주 좋았다.

바삭하면서 부드러운 돈가스가 인상적인 맛집이었다.

"사장님께서 만월돈가스에 치즈돈가스를 개발해 보라고 하셨다면서요?"

"사장님께서 공장 근처에 창업을 고민하고 있는 식당 업주와 상담하면서 조언을 해 줬지요."

"와아! 식당 업주는 그야말로 사장님을 만나서 인생이 확 펴진 거군요."

"그렇다고 봐야죠."

시간강사였던 문상진과 실업자로 고생하던 최우덕도 차준후를 만나 완전히 인생이 역전되었다.

그들이 감탄 어린 눈빛으로 차준후를 바라봤다.

어렵고 힘든 사람들에게 도움의 손길을 기꺼이 건네주는 차준후.

참으로 인성이 비단결처럼 고운 사람이었다.

"그냥 먹고 싶어서 생각난 걸 업주에게 가볍게 이야기했을 뿐입니다."

차준후가 진실을 밝혔다.

번거롭게 직접 요리하고 싶지 않았기에 치즈돈가스를 만들어 달라고 요청했던 거다.

이렇게 대단하다고 칭찬을 받을 일이 결코 아니다.

"사장님은 가볍게 이야기했을지 몰라도 식당 업주에게는 복음처럼 들렸을 겁니다."

"제가 그때 현장에 있었잖습니까. 그 당시 식당 업주분의 표정이 잊히지 않네요."

"어땠는데요?"

"결연한 표정이었죠. 사장님의 귀한 말씀을 허투루 듣지 않고 의욕적으로 달려들어서 좋은 결과를 만들어 낸 겁니다."

"사장님의 한마디는 천금처럼 귀하네요."

차준후가 속으로 귀하다는 부분을 인정했다.

21세기에서는 치즈돈가스가 아주 흔한 음식이었지만, 1960년대는 아니었다.

극도로 희귀해서 보는 것조차 힘든 게 바로 치즈돈가스다.

역사보다 빠르게 등장한 치즈돈가스의 맛은 그야말로 사람들을 홀리게 만들기에 충분했다.

가격이 다른 요리에 비해 비싸다는 단점이 있었지만, 맛은 그야말로 일품이었다.

특히 SF밀크의 치즈를 쓰는 만큼, 그 맛을 잊지 못한 사람들이 SF밀크의 치즈를 구매하기에 이르렀다.

세 사람이 두런두런 이야기를 나누면서 언덕길을 올라가고 있을 때였다.

그들의 옆으로 우편 배달부가 땀을 뻘뻘 흘리면서 자전거를 끌고 있었다.

자전거의 짐을 실을 수 있는 공간에는 엄청난 양의 편지들이 잔뜩 쌓여 있었다.

"오늘은 배달할 편지의 양이 많구나."

최우덕이 우편 배달부에게 말을 걸었다.

동네에서 오래 살았기에 아는 사람들이 많았고, 우편 배달부는 아는 친구의 둘째 아들이었다.

언덕 아래에 살고 있는 친구 최씨는 자식이 우편 배달부로 취직했을 때 술 한 잔을 거하게 쏘기까지 했다.

"안녕하세요. 그간 잘 지내셨어요? 늦었지만 스카이 포레스트의 공장장이 되신 걸 축하드려요."

"고맙다. 그런데 평소에도 이렇게 많이 배달을 하는 거냐?"

"아니죠. 이렇게 배달하다가는 하루 종일 해도 부족하죠."

"이거는?"

"자전거에 실린 편지들 전부 스카이 포레스트에 온 겁니다."

"뭐라고?"

"전국에서 다 보냈던데요. 평소에도 스카이 포레스트 편지가 많기는 했지만, 이 정도는 아니었거든요. 갑작스럽게 편지가 엄청나게 늘어난 이유가 궁금하네요."

우편배달부의 물음에 최우덕의 시선이 차준후에게로

돌아갔다.

"이번에 방문 판매 사원을 모집하는데, 이력서와 자기소개서를 받기 때문입니다."

직원 채용을 위해 모이라고 하면 구름처럼 많은 사람들이 몰려들 것이 확실했다.

전국 팔도에서 수십만 명이 모일 수도 있었다.

취업을 원하는 사람들을 모두 집합시킬 공간도 없었고, 그 많은 사람을 일일이 면담할 수도 없는 노릇이기에 이력서와 자기소개서를 받기로 했다.

전국에서 쏟아지는 편지들로 인해 스카이 포레스트의 우편함이 터져 나갈 정도였다.

"당분간 편지들이 산더미처럼 날아오겠네요."

"고생이 많습니다."

차준후는 엄청난 편지의 양에 질렸다.

저 많은 편지를 일일이 살핀다고 생각만 해도 신물이 넘어올 정도였다.

일찌감치 이쪽 업무를 문상진에게 떠넘기길 잘했다고 생각했다.

* * *

"전무님, 정문에 플래카드가 걸려 있습니다."

"일이 있으면 항상 플래카드를 걸고는 합니다."

뒷좌석에서 보고서를 읽고 있던 문상진이 대수롭지 않게 대꾸했다.

"전무님 이야기인데요?"

"네?"

놀란 문상진이 황급히 고개를 들어서 앞을 바라보았다.

공태규가 차의 속도를 늦췄다.

〈경 문상진 스카이 포레스트 전무 취임 축〉

연운대학교에서 문상진의 취업 소식을 대문짝만 한 플랜카드로 알리고 있었다.

"허허허허!"

문상진이 웃음을 터트렸다.

얼마 전까지 교수 채용을 무시하고 있던 대학교가 이제는 어떻게든 자신들 소속이라며 홍보하는 모습이라니.

조금 있으면 대학교 강단에서 떠나가서 남남이 될 텐데, 뿌듯했다.

검은색 포드 차량이 경상대학 건물 앞에 도착했다.

"전무님, 내리시죠."

공태규가 재빨리 뒷좌석 문을 열어 줬다.

"고맙네."

문상진이 차에서 내렸다.

"교수님!"

"교수님 오셨다."

건물 앞에서 대기하고 있던 학생들이 우르르 몰려들었다.

"교수님, 이번에 스카이 포레스트 직원들 뽑는다면서요?"

"게시판을 봤어요. 대학교 추천서가 있으면 자기소개서와 졸업증명서, 이력서 등이 필요한 일 차 서류 통과라면서요?"

"교수님, 추천서 한 장만 써 주세요."

"저는 교수님이 성공하실 줄 알았어요."

스카이 포레스트의 취업 소식에 대학생들이 난리였다.

좋은 복지 혜택과 다른 기업들이 주지 못하는 높은 월급, 스카이 포레스트는 대학생들이라면 누구나 취업하고 싶은 기업이었다.

명문대학교인 연운대학교에서 성적이 좋은 학생들은 소위 잘나가는 기업들을 골라서 갈 수 있었다.

그들은 얼마 전까지 화장품 기업이라면 쳐다보지도 않았다.

다른 화장품 회사들은 여전히 그들의 눈 밖에 나 있었지만, 대한민국에서 가장 잘나간다고 인정받는 스카이 포레스트는 서로 들어가려고 난리였다.

"학생 여러분, 차후에 강당을 빌려 스카이 포레스트 취업에 대한 시간을 가져 보도록 하겠습니다."

문상진이 웃으며 여유롭게 응대했다.

구직 청탁에 일일이 대응하면 오히려 피곤하다는 사실을 잘 알고 있었다.

이제 막 스카이 포레스트에 적응을 하고 있는 단계였다.

'사장님께서 가르친 제자들 가운데 싹수가 보이면 채용해도 된다고 말씀하셨지만, 구직 청탁을 받아들일 수는 없지. 진심으로 내게 다가왔던 아이들이 많았던 것도 아니고, 공정하게 대우해 주면 그만이다.'

문상진은 자신이 가르쳤던 학생들이라고 해서 특별히 가산점을 줄 생각이 눈곱만치도 없었다.

"교수님, 높은 곳에 있을 때 힘 좀 써 주세요."

"교수님, 수업 시간 내내 강의하시면 목 아프시죠? 목에 좋은 모과차예요. 강원도 깊은 산속에서 얻은 귀한 석청으로 만들었어요."

학생들 가운데 일부는 문상진에게 선물을 건넸다.

얼마 전까지 별다른 대우를 받지 못하던 문상진의 위치가 완전히 바뀌었다.

첩이 낳은 서자 출신이 졸지에 왕의 후계자가 된 느낌이었다.

"교수님, 잠시 이야기 가능하십니까?"

연운대학교 행정처 직원이 조심스럽게 말을 걸어왔다.

평소 강사님이라고 호칭하였는데.

교수 전직에 대해서 자주 대면하며 이야기하던 직원이었다.

딱딱하면서 신경질적이라고 알고 있었는데 지금 보니 사근사근하게 말할 줄도 아는 모양이었다.

"그럼요. 강의하기 전까지 여유가 있으니까 말씀하세요."

"교수로 전직이 된다는 좋은 소식을 전해 드리러 왔습니다."

"그래요?"

"네. 그래서 내년도 강의 일정을 잡았으면 하는데요."

"제가 스카이 포레스트에서 전무로 일하고 있어서 시간이 될지 모르겠네요."

"아! 잘 알고 있습니다. 그래서 스카이 포레스트의 일과 겸업할 수 있게 강의 일정을 교수님에게 맞춰드리겠습니다."

대단한 특혜라도 주는 것처럼 이야기하고 있었다.

"그러고 보니 제가 행정처에 아직 말씀을 드리지 않았군요."

"무슨 말씀이신지요?"

"이번 학기까지만 강의하고 강단에서 물러나기로 했습니다."

"네?"

"늦게 말씀드려 미안하네요."

"교수님, 다시 생각해 보는 것이 어떻겠습니까? 교수님께서 간절히 원하던 자리 아닙니까? 일주일에 한 시간만 강의해 주셔도 됩니다."

"스카이 포레스트에서 제가 해야 할 일이 산더미처럼 많아서요. 대학교에 적을 올려놓을 수는 없을 것 같네요."

과장된 표현이 아니라 정말이었다.

눈코 뜰 새 없이 바빴고, 심혈을 기울여서 처리해야 할 중요한 일들도 많았다.

"겸업 때문에 어려우시면 우선 교수 자리에만 있으셔도 됩니다."

어떻게든 연운대학교 교수로 올리겠다는 듯 직원이 바짓가랑이라도 잡을 기세였다.

이야!

어떻게든 잡으려고 하는구나.

얼마 전까지는 찬밥 신세였는데.

잘나가는 기업의 전무 자리에 취직하자 세상 대우가 달라졌다.

"제가 있어야 할 곳은 스카이 포레스트입니다. 수업 준비를 해야 해서 이만 가 보겠습니다."

문상진이 대화를 끝마치고 강의실로 움직였다.

"교수님!"

직원이 문상진을 뒤따르면서 애걸복걸하였다.

대학교로부터 무조건 교수 자리를 줘서 떠나가지 못하게 하라는 지시를 받았기 때문이었다.

이대로 문상진이 훌쩍 떠나면 문책을 받을 수도 있었다. 그렇지만 끝내는 외면을 당해서 어깨를 축 늘어뜨리고 말았다.

"내년에는 교수님 수업을 들을 수 없겠네?"

"그럼 구직 청탁을 할 기회는 이번 학기까지라는 거잖아."

"교수님 수업에 들어가서 얼굴도장이라도 찍자."

강의실이 콩나물시루처럼 대학생들로 빽빽하게 들어찼다. 의자에 앉은 학생들보다 서 있는 학생들의 숫자가 몇 배는 많았다.

'너희들도 잘나가는 스카이 포레스트의 맛을 보고 싶은 거구나.'

강단에 올라선 문상진은 평소보다 많은 학생들의 숫자를 보면서 웃었다.

강의실에 있는 대학생들 모두가 스카이 포레스트 취직을 꿈꿨다.

만약 취직하게 된다면 문상진처럼 인생 역전을 하게 될지도 모른다.

"자! 수업 들어가겠습니다."

문상진의 밝은 목소리가 강의실에 울렸다.

* * *

우우우웅! 우우우웅!

초미세 분말기 에어스푼이 웅장한 소리를 토해 내면서 힘차게 돌아가고 있다.

투입구에 집어넣은 쿠션의 원재료들이 에어스푼 내부의 비행 회전풍에 휩쓸려 고운 가루로 탈바꿈하고 있었다.

우우우우우우! 우우우우우!

소리가 점차 감소되면서 에어스푼이 동작을 멈췄다.

사출구를 통해서 연분홍빛을 살짝 띤 가루들이 쏟아져 나왔다.

신판정의 갖은 노력 끝에 트윈 터보 기술이 들어간 에어스푼의 성능은 더 좋아졌다.

비행 회전풍의 속도가 더욱 높아지면서, 가루들이 더욱 고와졌다.

제작 속도가 높아지니, 효율도 올라갔다.

에어스푼 속도가 올라가면서 처음 설치했을 때보다 24% 많이 생산하는 게 가능했다.

하루 생산량이 올라갔다는 이야기였고, 스카이 포레스트의 이익으로 이어진다. 전국 각지에서 쿠션에 대한 주문량이 계속해서 쌓이고 있었다.

립스틱 캔디

"좋네."

차준후가 가루를 집어서 손등 위에 문질러 보았다.

연분홍빛 가루의 색감과 발랐을 때의 피부 감촉이 합격점이었다.

"에어스푼 성능이 높아져서 아주 좋습니다. 보다 미세해진 가루로 만든 화장품들의 소비자 반응이 뜨겁습니다."

최우덕의 반응이 격렬했다.

만드는 족족 모두 판매되고 있었으니, 제작 현장을 책임지고 있는 공장장으로서 무척 뿌듯했다.

"세계 최고의 초미세 가루라는 걸 소비자들이 아는 겁니다."

피부만큼 민감한 곳이 없으니, 사용해 보면 둔감한 사람이라도 바로 알 수 있었다.

 세계적으로 가장 유명한 프랑스의 코타분도 쿠션 베이직에 비해서는 밀린다.

 그들이 사용하는 에어스푼은 터보 기술이 들어가 있지 않았으니까.

 제작 방법과 비법도 중요하지만, 화장품 제작에 있어 첨단장비에서 밀리면 답이 없기도 했다.

 "사장님께서 고생하신 덕분입니다. 에어스푼을 외국에서 들여오려고 노력하시고, 트윈 터보 기술을 가미했기 때문에 지금처럼 놀라운 결과가 있는 거죠."

 "에어스푼이 아주 대단한 장비라는 걸 알고 있었으니까요. 이 놀라운 장비에서 만들어 내는 재료로 스카이 포레스트의 제품을 다양화해야겠습니다."

 차준후는 에어스푼으로 쿠션만 만들 생각이 없었다.

 제품의 다양화!

 아직 스카이 포레스트에서 생산하는 화장품은 무척 단출한 편이었다.

 세계적인 화장품 회사로 성장하기 위해서는 다양한 화장품 라인을 구비해야만 했다.

 "생각하고 있는 화장품들이 있으십니까?"

 최우덕은 무척이나 기대됐다.

새로운 물건을 만든다고 할 때마다 영혼의 떨림을 느껴야만 했다.

출시되는 화장품들은 그야말로 최고였으니까.

공장장으로서 좋은 물건을 만들 때마다 너무나도 행복했다.

"립스팁과 립베이스입니다."

립스틱은 모든 여성들에게 사랑받는 가장 기초적인 화장품이었다.

립스틱은 한 가지 배합 방식으로 수천 종류의 립스틱을 제조하는 게 가능했다.

성분상의 차이점보다는 색상의 다양함으로써 소비자들의 시선을 끄는 상품이다.

"립베이스는 뭡니까?"

머리를 긁적이며 묻는 최우덕이었다.

차준후와 대화하다 보면 들어 보지 못한 단어들이 툭툭 튀어나온다.

이럴 때는 그냥 모른다는 걸 이실직고하면서 물어보는 편이 나았다.

"립밤과 파운데이션을 섞은 제품을 립베이스라고 합니다. 립베이스는 립스틱처럼 단독으로 발라도 되고, 립스틱을 바르기 전에 입술 톤을 균일하게 맞추기 위해 사용할 수도 있습니다."

립베이스는 다양하게 활용할 수 있는 멀티 화장품이다.

립밤이 가미되어 있기 때문에 건조함이나 각질이 일어나지 않고 부드럽게 피부에 밀착되는 효과가 있다.

여러모로 활용도가 높았기에 멀티 화장품이라는 이야기를 듣는 것이다.

"그런 제품이 출시되었던 적이 있습니까?"

"아직까지는 없는 걸로 압니다. 색소 덩어리라고 말할 수 있는 립스틱을 바르기 전에 립베이스를 발라 주면 좋습니다. 립스틱만큼은 아니지만 립베이스는 새로운 시장을 개척할 수 있습니다."

립베이스는 큰 잠재력을 가지고 있는 상품이었다.

미래에 유행할 립베이스를 1960년대에 세계 최초로 출시하려는 차준후였다.

발생의 전환이 중요할 뿐 립베이스는 집에서도 만드는 게 가능할 정도로 제작 방법이 아주 간단했다.

스카이 포레스트에서 혁신적인 화장품들을 연달아 출시하면서 역사가 바뀌었다고 봐야 타당하다.

영향을 받은 세계의 유수한 화장품 회사들이 치열한 연구 개발을 벌이고 있을 것이고, 새로운 화장품들이 빠르게 나올 수밖에 없었다.

차준후는 간단하면서 아이디어가 중요한 화장품들을 선점할 생각이었다.

"립베이스가 세계 최초로 세상에 나오면 사람들이 환호하겠네요."

이번에도 차준후가 천재다운 일을 해낸 거다.

눈앞의 사장님을 모실 수 있게 되어 참으로 영광이라고 생각하는 최우덕이었다.

천재적인 능력이 너무 놀라워서, 하루가 멀다고 세계 최초의 물건들을 만들어 낸다.

"소비자들의 요구 사항이 점차 많아지게 될 겁니다. 단순히 입술에 발라서 예뻐 보이는 것이 아니라 지속성과 효과 등을 따져 보겠죠. 립스틱 시장에서도 잘나가기 위해서는 이런 부분에서 다른 회사와 차별화를 꾀해야 합니다."

고체형의 스틱형 립스틱은 1915년 모리스 레알에서 처음으로 출시했다.

금속형 케이스에 스틱형 고체 내용물을 넣었는데, 레버를 이용해 위로 밀어 올릴 수 있는 편한 구조 때문에 큰 인기를 누렸다.

거의 45년에 달할 정도로 엄청난 역사를 자랑한다.

"립스틱으로 차별화를 두기 어려울 텐데요."

최우덕은 머리를 굴려 보았지만 도통 차별화 방법이 떠오르지 않았다.

"현재의 립스틱에는 아주 커다란 불편한 점이 한 가지

있습니다."

"혹시 치아나 접시 등에 묻는 걸 말씀하시는 겁니까?"

아름답게 보이기 위해 바른 립스틱이 치아에 묻어 있는 경우가 종종 있다.

고춧가루가 낀 것처럼 보기가 흉했다.

립스틱 자국 때문에 곤혹스런 경험을 하고 있는 여성들이 많았다.

"맞습니다. 묻어나지 않는 립스틱을 출시하면 차별화를 꾀할 수 있습니다."

차준후의 말을 듣고 최우덕이 전율했다.

묻어나지 않는 립스틱이라고?

립스틱이기에 어쩔 수 없이 치아나 잔에 묻어나야만 한다고 생각했다.

립스틱의 성질을 완전히 뜯어고친다는 소리 아닌가.

발상 자체가 일반인들과 완전히 다른 차준후에게 감탄할 수밖에 없었다.

"방법이 있습니까?"

"묻어나지 않는 립스틱의 비밀은 아주 간단합니다. 입술의 온도로 바른 립스틱을 증발시키면 됩니다. 증발되는 오일과 색소를 원료로 사용하는 거죠."

립스틱을 생산하는 화장품 회사들은 오랜 연구 끝에 립스틱의 불편함을 해소할 수 있었다.

오대양에서도 립스틱을 연구 · 생산하였고, 그 연구 결과가 머릿속에 온전하게 들어 있는 차준후였다.

"그렇게 하면 되는군요. 왜 지금까지 그런 의문을 갖지 않았을까요?"

최우덕이 묻어나지 않는 립스틱의 제작 방법에 큰 충격을 받았다.

온도로 증발시킨다고?

정말 단순하면서도 획기적인 방법이었다.

이런 방법이 알려지면 립스틱은 묻어나지 않는 제품들이 대세로 떠오를 게 확실했다.

"제작 비법을 철통같이 보호하겠습니다."

묻어나지 않은 립스틱의 비밀이 밖으로 빠져나가게 하지 않다는 단호한 모습이었다.

"보호해야 하는 건 맞는데, 결국에는 제작 비법이 밖으로 새어 나갈 겁니다."

연구원들에게 있어 잘나가는 경쟁 회사 화장품을 연구하고 분석하는 건 아주 자연스러운 일이었다. 묻어나지 않는 립스틱의 비밀이 알려지는 건 시간문제였다.

특허를 왕창 신청할 계획이었지만 우회할 수 있는 립스틱 제작법을 모두 막을 수는 없었다.

"그럼 어떻게 해야 하나요? 세계 최초로 개발했는데, 다른 화장품 회사들이 따라붙어서 이득을 챙기면 문제잖습니까?"

"특허를 신청하는 동시에 세계최초라는 우위를 선점해 둬야죠. 세계최초로 혁신적인 립스틱을 만들어낸 원조 타이틀에는 그만한 힘이 있으니까요."

차준후도 이런 점 때문에 고민했고, 결국 나름의 해결책을 내놓았다.

모든 이익을 홀로 차지할 수는 없는 법이다.

세계 화장품 시장을 선도하는 건 유럽과 미국, 일본 등 이름만 들어도 알 수 있는 유수한 굴지의 기업들이었다.

이제 막 창업한 신생기업으로 그들과 어깨를 나란히 하려면 혁신적인 화장품들을 연이어 대량 생산해야만 했다.

국내에서 최고의 화장품 회사로 인정받고 있지만 아직도 갈 길이 먼 스카이 포레스트였다.

묻어나지 않은 상품을 비롯한 여러 종류의 립스틱 출시는 스카이 포레스트와 외부의 협력 업체들에서 진행됐다.

립밤과 립글로스와 같은 계열의 형태였기에 진행 과정이 빠를 수밖에 없었다.

1960년대 립스틱은 몸에 유해한 화학제품 덩어리라고 해도 과언이 아니었다.

저급한 품질의 대량 생산이 가능한 원료들을 투입하여

화장품을 생산하는 것이 업계의 추세였다.

어느 누구도 화장품 성분을 따지지 않았고, 소비자가 확인할 방법은 더욱 없었다.

화장품 성분들이 몸속에 축적되면 어떤 위험한 결과를 불러올지 잘 알고 있는 차준후였기에 좋은 원료들을 사용하려고 노력했다.

"파라핀 오일을 투입하면서 크림 성분을 보완재로 첨가해야만 합니다.

"알겠습니다. 이유가 무엇입니까?"

파라핀 오일과 왁스, 색소 등을 혼합해서 만드는 립스틱 제작은 최우덕도 많이 해 봤다.

그렇지만 혼합기 안에 크림 성분을 넣었던 적은 한 번도 없었다.

"파라핀 오일은 입술을 건조하게 만드는 성질이 있기 때문입니다. 크림을 섞으면 입술을 윤기 나게 하면서 파라핀 오일의 건조함을 희석시켜 줍니다."

차준후가 립스틱 제작 과정에 깊숙하게 관여했다.

처음이었기에 공장장 최우덕에게 제작 방법을 설명하는 것이기도 했지만, 공정에서 혹시라도 있을 문제를 알아내기 위함이기도 했다.

분명 품질이 좋은 원료를 주성분으로 하여 파라핀 오일은 약간만 배합하는 게 최상의 방법이었다.

립스틱 캔디 〈93〉

그러나 화장품 원재료 대부분을 수입하는 대한민국 입장에서 좋은 원료만을 사용한다는 건 불가능에 가까웠다.

화장품 제작은 주변 산업의 영향을 강하게 받는다.

스카이 포레스트는 기초산업의 불모지나 다름없는 대한민국의 시대적 환경을 반영해 가면서 화장품을 만들어야 하는 어려움이 있었다.

"절 왜 그렇게 멍하니 바라보고 있으세요?"

"대단해 보여서요."

"제가 아닌 혼합기를 잘 보셔야죠."

"알겠습니다."

"판매량에 큰 영향을 주는 색소는 제작 과정의 가장 마지막에 투입합니다."

차준후가 립스틱의 원료를 반죽하여 덩어리로 만들고 있는 혼합기 안에 색소를 첨가했다.

투명한 반죽 덩어리가 붉은색으로 물들어 갔다.

여성들에게 가장 사랑받는 강렬한 붉은색의 반죽 덩어리는 무척이나 매력적이었다.

"향이 없어도 괜찮지만, 붉은 립스틱에 어울리는 향을 첨가하면 좋겠죠."

도톰한 입술로 보이는 밝은색의 립스틱을 바른 입술에서 은은하게 향기가 난다면?

보다 매력적일 수밖에 없었다.

"어떤 향이 좋습니까?"

"취향에 따라 다르겠죠. 개인적으로 붉은 립스틱에는 달콤한 레몬과 오렌지가 어울린다고 생각하고 있습니다."

"어느 향으로 하시려고요?"

"한 가지의 향을 선택해도 되지만 이번에는 두 가지의 향을 섞어 보려고 합니다."

차준후가 레몬과 오렌지를 섞은 뒤에 이를 혼합기 안에 투입했다.

혼합기 안에서 돌아가고 있는 붉은 원료에서 달콤한 향기가 은은하게 흘러나왔다.

"이제 용액을 립스틱 몰드에 넣어 주기만 하면 끝입니다. 이때 어설프게 처리하면 립스틱 안에 거품이 생길 수도 있으니까, 꼼꼼하면서 섬세하게 작업해야 합니다."

"제작 시 주의하겠습니다."

지켜보고 있는 최우덕은 립스틱 만드는 과정이 새롭고 신기하면서 재미있었다.

"하늘 아래 똑같은 립스틱이 없다는 말이 있을 정도로 투입하는 색소와 향에 따라 다양한 립스틱을 만들 수 있습니다. 이 모든 걸 앞으로 공장장님이 주도적으로 해나가셔야 합니다."

차준후는 전문적인 기술을 지닌 기술자들을 존중하고

있었고, 공장장 최우덕의 실력을 인정하고 있었다.

"믿어 주셔서 감사합니다. 최선을 다해서 실망시켜 드리지 않도록 노력하겠습니다."

최우덕은 혁신적인 개발과 연구 등에 있어서 부족했지만, 기본적으로 탄탄한 실력을 지니고 있었다.

"못 따라오면 강제로 끌고 갈 겁니다."

"사장님이 끌어당기신다면 기꺼이 끌려가야지요."

립스틱 몰드에 넣은 용액이 굳어 단단한 스틱이 될 때까지 기다리는 동안, 두 사람은 제작 공정 등을 비롯하여 여러 가지 이야기를 주고받았다.

"단단하게 굳었네요. 이제 용기에 끼워서 빼내면 되겠습니다."

차준후가 성형 플라스틱에서 받아온 용기를 들어서 스틱형 립스틱에 부드럽게 끼워 넣었다.

용기를 잡아당기자, 립스틱이 쏙 빠져나왔다.

"잘 만들어졌네요."

용기 하단부를 좌우로 돌리자 붉은 립스틱이 올라갔다 내려오기를 반복했다.

슥!

손등을 립스틱으로 그었다.

"감촉과 향, 모두 합격입니다."

붉은 선이 부드럽게 그려지면서 아주 부드러운 감촉을

안겨 줬다.

"굳으면 묻어나지 않는다는 거죠?"

최우덕이 차준후에게 받은 립스틱으로 손등과 팔뚝 위에 십여 개의 붉은 선을 그었다.

감촉을 느낀 뒤에 선에 코를 가져다 대고서 냄새까지 킁킁 맡아 보았다.

"그렇습니다."

일 분 정도 지났다.

최우덕이 왼손에 그어진 붉은 선을 오른손 손가락으로 박박 문질렀다.

"진짜 묻어나오지 않네요."

"그렇게 세게 문지르면 묻어나옵니다."

"이 정도면 치아와 잔에 거의 묻지 않겠습니다."

"입술을 보호하면서 잘 뭉개지지 않는 단단한 립스틱은 아직까지 개발해 내지 못했습니다."

"사장님을 해내실 거라고 믿습니다."

"……그것은 저도 자신이 없네요."

차준후의 머릿속에 없는 지식이었다.

그도 그럴 것이 21세기에도 립스틱은 개발할 영역이 남아 있었다.

묻지 않는 립스틱이 세계 최초로 스카이 포레스트 제작실에서 모습을 드러냈다.

* * *

 차준후는 화장품을 만드는 설비에 대해서 정확하게는 몰랐지만, 많이 사용해 봤기에 어떻게 작동하는지는 알고 있었다.

 그걸 바탕으로 기초적인 설계도를 그렸다.

 정말로 아주 기초적이었기에 어설펐지만, 설비가 작동하는 원리는 담겨 있었다.

"으음!"

 연필을 쥔 상태로 스케치북을 바라보면서 차준후가 잔뜩 인상을 썼다.

 오대양에서 근무하면서 오래전에 봤던 설비를 기억해 내기 위해 노력하고 있었다.

 신입이었을 때 사용했던 설비였기에 기억이 제대로 나지 않았다.

 스윽! 슥!

 연필로 그렸던 설계도를 보면서 잠시 고민에 빠져들었다.

"부족해 보이는데……."

 차준후가 머리를 긁적거렸다.

 억지로 기억을 쥐어짜 내면서 설계도를 대략적으로 그려 냈지만, 상세한 부분에서는 모자란 면이 있었다.

"이 상태로 보여 줘도 될까?"

설계도를 보면서 잠시 고민하다가 결국 의자에서 일어났다.

2000년 정도에 오대양에서 립스틱 조립 자동화 시스템을 특허 신청하였고, 다수의 몰드를 탑재한 장치를 개발해 냈다.

이 설비의 가장 큰 특징은 립스틱 관련 계통의 제품을 양산하는 과정에서 성형 직후의 스틱 소재를 탈형시켜 케이스와 결합하는 공정을 신속하고 정확하게 수행하는 데 있다.

손이 많이 가는 과정을 자동화하여 대량 생산을 도모할 수 있는 장비였다.

완벽하지 못한 설계도를 챙긴 채 자전거를 타고 기술고문을 만나러 갔다.

칠천리 자전거포.

"립스틱 조립과 관련하여 생각해 낸 자동화 설계도입니다. 만들 수 있는지 한 번 살펴봐 주시겠습니까?"

차준후가 신판정에게 설계도를 내밀었다.

내용물 충진, 스틱 생성과 케이스 결합, 상하의 몰드 결합 설비 등이 초등학생이 그린 듯 엉성하게 구성되어 있었다.

부족한 면이 잔뜩 있지만 신기하게도 있을 구성이 다 있었다.

설계도를 살피고 있는 신판정의 눈에 힘이 들어갔다.

집중해서 보느라 미간이 찌푸려졌다.

그렇지 않아도 주름이 많은 이마에 밭고랑이 깊게 파였다.

다른 사람이 줬으면 조악한 그림 탓에 곧바로 버렸을 설계도였지만 꼼꼼하게 살펴보자 비범한 구석이 있다는 걸 알 수 있었다.

립스틱 제작 과정을 획기적으로 줄여 줄 수 있는 설계도였다.

놀라운 설계도 내용에 가슴이 두근거려 왔다.

천재와 함께하다 보면 지금처럼 기분 좋은 놀라움을 경험하게 된다.

"흠! 어떻게 작동하는지 알 것 같군요. 참으로 정교한 조립 장치입니다."

조악한 설계도 때문에 미간을 찌푸리고 있던 신판정이 작동 원리에 대해 알아냈다.

"걱정했는데 다행이군요. 최선을 다해서 설계도를 그렸지만, 작동 원리를 제대로 보여 주는 게 미흡하다고 생각했거든요."

차준후가 신판정의 뛰어난 실력에 안도했다.

'그걸 걱정했던 겁니까? 먼저 조악한 그림을 걱정했어야

합니다. 음! 천재라고 해서 모든 걸 잘하는 건 아니구나.'

 국민학교를 다니는 막내딸보다 못한 그림 실력에 신판정이 속으로 한숨을 내쉬면서도 한편으로 인간적이라고 느꼈다.

 "립스틱의 제조 공정 개선을 위해 만드신 설계도인데, 부분적으로 고쳤으면 하는 곳들이 있습니다. 제가 손을 봐도 되겠습니까?"

 대략적인 뼈대로 구성되어 있는 설계도에는 군데군데 비어 있는 내용들이 많았다.

 압축기와 추출기 등이 연속적인 조립공정을 수행할 수 있도록 손봐야 했다.

 그렇지만 세세한 내용들은 지금껏 국내에서 사용되고 있는 기술들이었기에 쉽게 응용이 가능했다.

 소형 부품을 좁은 공간에서 연속적이고 긴밀하게 조립할 수 있도록 하나의 설비 안에 집어넣은 설계도가 대단한 것이었다.

 천재적인 발상이 빛나는 설계도인 것이다.

 "기술이 뛰어난 고문님께 전적으로 믿고 맡기겠습니다."

 전문가를 존중하는 차준후가 골치 아픈 설계도에서 완전히 손을 떼 버렸다.

 "설계도의 뼈대를 만들 정도의 실력을 가지고 있으면 세세한 부분들도 손볼 수 있을 것 같은데, 제게 가지고 온 이유가 있습니까?"

신판정의 의문은 합당한 측면이 있었다.

설계도에서 가장 중요한 부분은 바로 차준후가 만든 뼈대였다.

나머지는 살만 붙이면 되는 내용이었기에 실력이 뛰어난 기술자들을 만나면 완벽한 설계를 할 수가 있었다.

'어떻게 대답을 해야 하지?'

갑작스러운 이야기에 차준후가 당황했다.

기억나는 대로 그렸을 뿐 어떤 원리로 작동하는지 제대로 알고 있지 못했다.

화장품 연구를 전문적으로 했지 기술적인 부분에 있어서는 많이 부족하였다.

"전 그런 실력을 가지고 있지 않습니다. 그저 생각나는 대로 그렸을 뿐이에요."

차준후가 이실직고했다.

"그런 생각을 기술자들은 바로 천재의 영역에서 나오는 영감이라고 지칭합니다. 사장님은 너무 겸손하십니다. 아! 요즘 너무 바쁘시기 때문에 기존의 기술을 사용해서 만들 수 있는 이런 사소한 부분들은 직접 설계하지 않은 것이군요."

직접 묻고 답하는 신판정이었다.

천재인 차준후가 마음만 먹으면 쉽게 설계도를 완성시

킬 수 있다고 믿었다.

"……그렇지 않다니까요."

두 번이나 아니라고 강조해서 말했다.

"천재는 천재의 일을 해야만 하겠죠. 이런 손이 많이 가는 번거로운 일들은 영감을 떠올리지 못하는 저에게 맡겨 주시면 됩니다."

아니라고 말하는 모습이 무척 인상적이었다.

핵심적인 부분은 명확한데, 사소한 것을 제대로 완성시키지 못해서 아니라고 하는 듯했다.

역시 천재가 스스로 세워 버린 내면의 기준은 높다고 신판정이 느꼈다.

왜 맡겼냐고 물어보는 건 천재에 대한 실례일 수도 있었다.

앞으로 더 물어보지 않겠다고 결심했다.

괜히 천재가 일을 맡기지 않으면 곤란하니까.

기술자로서 새로우면서 혁신적인 물건을 제작한다는 건 언제나 가슴이 두근거리면서도 신나는 일이었다.

분명히 아니라고 거듭 이야기했는데도 불구하고 신판정이 스스로 감동에 빠져들었다.

눈을 빛내는 신판정을 보며, 차준후는 한숨을 내쉬었다.

'왜 항상 이렇게 되는 거지? 이러면 부담이 돼서 미래의 지식들을 더 꺼내기 힘들어지잖아.'

차준후는 큰 도움이 될 수 있는 신판정이 알아서 적극적으로 움직이게 만들었다.

천재 추종자가 한 명 더 늘어나게 됐다.

왜 이렇게 착각하는 사람들이 많아지는 걸까?

찬양하는 듯한 눈빛이 무척이나 불편한 차준후였다.

"제작 비용과 제작 기한은 어느 정도로 생각하고 계십니까?"

신판정이 제작에 필요한 부분을 확인했다.

만들 수 있다는 자신감이 있지만 그것이 실패가 없다는 건 아니었다.

천재가 아닌 그저 기술이 조금 뛰어났을 뿐이기에 명확하게 이해되지 않은 부분들은 만들어 가면서 확인해야만 했다.

제대로 작동하는 새로운 장비를 제작한다는 건 결코 쉬운 일이 아니었다.

"제작 비용과 제작 기한 모두 무한대입니다. 돈은 원하시는 만큼 사용하시고, 기간에 제한을 두지 않을 테니 편안하게 만들어 주세요."

전문가를 존중하는 차준후는 시간과 돈이 필요하다는 걸 잘 알았다.

'엄청난 자금으로 마음껏 제작할 수 있다니! 이건 천국이나 마찬가지다.'

신판정이 크게 감격했다.

적은 비용을 주면서 어떻게든 만들어 달라는 무리한 요구들을 그동안 받아왔다.

비용과 기한에 구애받지 말라는 주문은 단 한 번도 들어 본 적이 없었다.

기술자에게 차준후의 이야기는 그야말로 천상의 노래보다 더욱 감미로웠다.

"보름 안에 기필코 완성시키겠습니다."

신판정이 열정을 불태웠다.

밤낮을 가리지 않고 이번 일에 매달릴 작정이었다.

기술자를 크게 생각해 주는 주문자를 실망시킬 수는 없는 노릇이었다.

"제 주변에 신 사장님과 같은 뛰어난 기술자가 있어서 정말 다행입니다. 잘 부탁드립니다."

* * *

사장실에서 차준후가 연필을 들어 스케치북 위로 가져갔다.

스윽! 슥!

종이 위를 스치는 연필 소리가 정겨웠다.

립스틱 뒤에 캔디라고 적어 넣었다.

이번에 출시하는 립스틱은 달콤하다는 뜻을 담아 캔디라고 명명했다.

"캔디에 어울리는 용기가 필요해."

스케치북을 가만히 응시하고 있는 차준후가 잠시 고민했다. 머릿속에 립스틱 용기에 어울리는 디자인들이 무수히 스치고 지나갔다.

그 가운데 유행을 이끌었던 날렵한 디자인 용기를 선택했다.

스윽! 슥!

스케치북 위에서 연필이 움직였다.

창작이 아닌 기억력에 의존한 그림인 만큼, 베끼는 거라고 할 수 있었다.

다만 그림 실력이 워낙 조악하다 보니 기억과는 항상 조금씩 다른 결과물이 완성되곤 했다.

그럼에도 불구하고 기억 속 립스틱 용기의 대략적인 형태는 용케 따라 하는 게 가능했다.

"엉망이군."

자신이 그리면서도 그림 솜씨가 조악했다.

잘 그리는 전영식 옆에 있다 보니 이제는 자신이 얼마나 그림을 못 그리는지 잘 알았다.

아무리 좋게 봐 주려고 해도 이번 작품은 망한 것 같았다.

소생시키는 게 불가능했다.

결국 스케치북을 한 장 넘겨서 다시 작업을 시작해야만 했다.

"이번에는 잘 그려 볼까."

스스로 주문을 하면서 연필을 정성스럽게 움직였다.

그럼에도 불구하고 스케치북 위의 용기 구조도는 여전히 조악했다.

"음! 의지를 가지고 노력한다고 해서 될 일이 아니구나."

차준후가 사태를 파악했다.

하루 종일 스케치북을 붙잡는다고 해서 그림 솜씨가 발전할 것 같지 않았다.

잘하겠다는 마음을 내려놓았다.

아무래도 요즘 그림 대회로 바쁜 전영식을 만나 설계도를 다시 그려 달라고 부탁해야겠다.

자신의 그림 솜씨를 인정한 상태에서 립스틱 캔디 용기를 잘 뽑아내려고 차분하게 노력하였다.

립스틱 자체의 품질이 중요했지만, 눈에 보이는 용기가 먼저 소비자의 구매 욕구를 자극해야만 했다.

화장품 용기는 사람으로 치면 얼굴이었다.

꾀죄죄하고 못생긴 추남보다 미남에게 여인들의 시선이 쏠리는 것과 똑같았다.

이건 남성도 마찬가지였다.

"흠! 이 정도면 봐 줄 만하잖아."

차준후가 나름 어렵고 힘들게 립스틱 캔디의 설계를 끝마칠 수 있었다.

두 번째 립베이스 비비를 그려 나갔다.

잘 그려야겠다는 마음을 내려놓자 연필이 술술 움직였다.

캔디보다 더 빠른 속도로 작업이 끝났다.

국민학생이 그렸을 정도로 형편없는 비비의 설계도가 마침내 완성됐다.

그렇다고 이대로 성형 플라스틱에 넘겨줄 수는 없는 노릇이었다.

"수석 디자이너를 만나면 설계도가 멋지게 재탄생될 거야."

조악했지만 그림 속 화장품 용기 스타일이 세련되게 변화할 가능성이 미약하게나마 비쳤다.

아름답지 않을 조악한 그림 속에서 세련된 부분을 잡아내서 아름답게 만들 수 있는 프로급 실력자가 바로 전영식이었다.

"수석 디자이너와 오늘은 어떤 음식을 먹을까?"

차준후가 전영식과 저녁에 만나서 먹을 음식에 대해 고민했다.

제5장.

립스틱의 혁명

립스틱의 혁명

 제조실과 컨베이어로 이어진 생산 조립 부서에 새로운 프레임과 조립부 그리고 설비 등이 설치됐다.

"이건 또 뭐야?"

"사장님께서 새로운 상품을 만들려는 것 같은데……."

 주말을 보내고 월요일에 출근한 생산직원들이 한쪽에 설치된 설비 등을 보면서 수군거렸다.

 다수의 몰드가 삐죽하게 튀어나와 있는 설비의 모습이 무척이나 기괴했다.

 모두가 어리둥절해하고 있었다.

"상쾌한 월요일 아침입니다."

 제조실에 있던 최우덕 공장장이 밖으로 나와 직원들에게 이야기했다.

"공장장님, 이 설비들은 뭔가요?"

"뭘 만드는 설비입니까?"

직원들이 물었다.

"그렇지 않아도 지금 이야기하려고 했습니다. 저 설비들로 립스틱과 립베이스, 립밤, 립글로스를 만들 겁니다."

립스틱 관계 계통의 양산에서 조립 관련 공정을 편하게 하려고 만들어진 설비들의 모습은 기괴했다.

사람의 손길이 전혀 안 가는 건 아니지만 제작 공정 단축에 획기적인 설비였다.

"툭 튀어나와 있는 몰드들은 립밤의 스틱을 수용할 수 있게 만들어졌습니다. 수납케이스를 결합하는 조립 수단이 상부에 있기에, 위에서 눌러 주면 스틱과 케이스가 결합되는 구조입니다."

스틱과 수납케이스 결합하는 공정을 신속하게 정확하게 수행할 수 있는 설비였다.

높은 품질과 생산성 향상을 도모할 수 있었다.

기존에는 수작업으로 립밤과 립글로스를 만들어 내고 있었기에 미세하게 차이가 존재했다.

일련의 과정은 수작업으로 인해 많은 작업 시간이 소요됐고, 불량품 발생률도 높은 편이었다.

여러 공정 중에서 한 곳의 실수만으로도 제품을 폐기하

고 처음부터 다시 만들어야만 했다.

"조립 관련 공정을 편하게 만들어 주는 설비네요."

"우와! 이런 설비를 누가 발명한 건가요? 정말 끝내주는 장비입니다."

직원들이 설비를 보면서 감탄했다.

"이런 놀라운 장비를 만든 사람이 누구일 것 같습니까?"

"당연히 사장님이겠죠."

"사장님께서 신판정 기술 고문님께 설계 개념을 이야기해서 만들어진 설비입니다."

최우덕이 설비가 등장하게 된 배경을 이야기해 줬다.

설계도를 토대로 립스틱 계열의 화장품을 만드는 설비 제작에 신판정이 공을 들였고, 결국 완성된 설비가 공장에 배치됐다.

"자! 일합시다."

최우덕이 생산 현장 근로자들과 함께 작업을 시작했다.

새로운 설비로 인해 작업자들이 끙끙거리기도 했지만 금방 익숙해졌다.

"와! 이거 정말 편하다."

"빠르다! 정말 빨라."

"일일이 손으로 해야 하는 일이 팍 줄어들었어."

"생산량이 어마어마하게 늘어나겠다."

빠르고 신속하면서 고품질의 립스틱들이 설비를 거칠 때마다 폭발적으로 만들어졌다.

툭! 투투툭! 투투투툭!

설비들에서 한 번에 사십 개씩의 립스틱들이 튀어나왔다.

튀어나온 립스틱들의 이상 여부를 살펴본 뒤에 정상품이면 뚜껑을 결합시켜 줬다.

생산 현장에서 립스틱들이 대량으로 쏟아져 나오고 있었다.

일곱 대의 자동화 설비들에서 립스틱, 립베이스, 립밤, 립글로스 등이 끊임없이 생산됐다.

"생산량 사만 개 돌파!"

"벌써?"

"작업한 지 한 시간도 지나지 않았는데?"

"자동화 설비의 위력이 장난이 아니다."

작업자들이 눈부신 작업 속도에 혀를 내둘렀다.

생산량이 엄청나게 늘었는데도 불구하고 오히려 작업하기 편했다.

신제품들의 등장과 함께 생산 현장이 바빠졌다.

눈코 뜰 새 없이 바쁜 작업자들의 손놀림 아래 립스틱과 립베이스가 차곡차곡 쌓여 나갔다.

"오늘 하루도 고생하셨어요."

종운지가 근로자들에게 현금을 건넸다.

스카이 포레스트에서 잔업 임금은 당일 지급이 원칙이었다.

"아이고! 이런 건 고생도 아니죠."

"현금을 받을 때면 하루의 피로가 싹 날아가 버립니다."

생산량 확대와 함께 늘어난 잔업 시간으로 인해 작업자들은 매일 퇴근할 때마다 두둑한 현금을 받아서 귀가했다.

* * *

"캔디 립스틱은 묻어나지 않는다는 말입니까? 정말입니까?"

손에 들고 있는 립스틱을 바라보며 유준수의 얼굴이 잔뜩 상기되어 있었다.

"네. 제가 고심해서 만들었습니다."

차준후가 담담하게 말했다.

립스틱을 개발하는 것 자체는 쉬웠는데, 용기와 장비 만드느라 정말 많은 고생을 해야만 했다.

"아…… 묻어나지 않는 화장품이라니! 정말 대단하십

니다. 이건 립스틱의 혁명, 그 자체입니다."

성운 유통사 부사장 유준수가 감탄을 마구 터트렸다.

경기도 거래처를 갔다가 서울로 돌아오는 중에 부하 직원에게서 성형 플라스틱에서 새로운 용기를 스카이 포레스트에 납품했다는 소식을 전해 들었다.

예정된 약속을 깨뜨리고서 곧바로 차량을 스카이 포레스트로 돌렸다.

물론 약속된 상대에게 사과하였고, 스카이 포레스트에 방문 약속을 잡고 온 것이었다.

말없이 찾아오는 건 실례이기도 했지만, 엄청나게 바쁜 차준후였기에 요즘 들어 만나는 게 쉽지 않았다.

다행히도 오늘은 쉽게 만날 수 있었다.

"다른 제품과의 차별화를 꾀하면서 만든 립스틱입니다."

"사장님이 만드는 물건들은 하나같이 대단하면서도 다른 제품들보다 월등히 뛰어난 점이 꼭 있습니다."

"그 점이 화장품을 만드는데 특이점이기는 하지요."

"립베이스 비비는 어떤 제품입니까?"

유준수는 립베이스 비비에 대해서도 잔뜩 기대하고 있는 표정이었다.

저 기대를 무너뜨릴 수는 없는 노릇이었다.

"립밤과 파운데이션을 섞어서 만든 제품입니다. 새로운

시장을 만들 수 있다고 생각해서 출시하게 되었습니다."

"그렇지 않아도 각질 제거를 위해 립밤을 사용한 뒤에 파운데이션을 사용하고 있는 화장법이 시중에 돌고 있습니다. 립베이스 비비를 사용하면 번거롭게 두 제품을 번갈아 이용할 필요가 없겠습니다."

유준수는 서울과 경기도 거래처들을 돌아다니고 있는 탓에 주워듣는 이야기들이 많았다.

원래 서울 동부의 생필품과 화장품 등의 유통을 책임지고 있는 성운 유통사는 근래 들어 영역을 경기도까지 확장하고 있었다.

스카이 포레스트의 화장품을 대량으로 거래하고 있다는 소문 때문에 납품해 달라는 거래처들이 지속적으로 늘어나고 있었다.

경기도 거래처를 늘리면서 화장품들과 함께 생필품들을 일부 끼워 넣어 유통시켰다.

기존의 유통사가 성운 유통사에 거세게 항의했지만, 원래 먹고 먹히는 게 이 바닥의 생리였다.

스카이 포레스트와 가장 처음 거래를 텄다는 이유 하나만으로 성운 유통사의 사세가 몰라볼 정도로 성장하고 있었다.

똑똑똑!

노크 소리와 함께 종운지가 아이스커피 두 잔을 들고

사장실로 들어섰다.

"아이스 아메리카노 드시면서 이야기들 나누세요."

"그렇지 않아도 갈증을 느끼고 있었는데, 고맙습니다."

"잘 마실게요."

종운지가 탁자 위에 커피를 내려놓고 바로 돌아갔다.

"물량을 얼마나 받을 수 있는 겁니까?"

"음! 이번에는 대량 생산을 하고 있으니, 백만 개는 가능하겠군요."

"배, 백만 개라고요?"

크게 놀란 유준수의 목소리가 높아졌다.

오십만 개라도 가져가면 다행이라고 생각했는데, 두 배나 많은 개수였다.

성운 유통사에게만 물량을 몰아주는 게 아니라는 건 확실했다.

이처럼 많은 물량을 배정해 준다는 건 없어서 못 파는 스카이 포레스트의 화장품이 대량 생산 체제를 구축했다는 이야기였다.

"반자동화 설비를 설치해서 생산량이 많이 늘어났습니다."

"축하드립니다. 이제 스카이 포레스트는 돈을 빗자루로 쓸어 담는 일만 남았습니다."

"아직 그 정도는 아닙니다. 국내 지폐가 아닌 달러로

쓸어 담아야 하니까, 갈 길이 조금 멉니다."

차준후는 신제품 두 종류의 출시로 만족하지 않았다.

보다 멀리 그리고 높이 바라보는 어느 축구 감독이 말했던 것처럼 오늘도 여전히 배가 고팠다.

"백만 개 주문하겠습니다. 많은 물량을 배정해 주셔서 감사합니다."

"저와 첫 번째로 거래한 유통사인데, 대우를 해 드려야죠."

"다른 유통사들보다 먼저 스카이 포레스트로 달려왔다는 사실에 감사하고 있습니다."

커피 한 모금을 마신 유준수가 반년 정도 전을 떠올리면서 웃었다.

후계자 자리를 공고하게 만들려고 달려왔던 발걸음이 정말 최고의 한 수로 이어졌다.

그날 이후 정말 탄탄대로를 걸어가고 있었다.

그리고 그보다 더 탄탄대로를 넘어선 이른바 꽃길을 질주하고 있는 사내가 바로 차준후였다.

잘나가는 차준후 옆에 있다 보니 덩달아서 빛을 보는 느낌이었다.

"계약서를 쓰시죠."

차준후가 책상 서랍에서 자주 계약서를 쓰다 보니 정형화된 스카이 포레스트의 계약서를 가지고 왔다.

유준수가 살펴보니 계약서 내용은 저번에 작성했던 내용과 토씨 하나 다르지 않았다. 다만 납품하는 화장품과 개수 등의 부분이 비어 있었다.

"비어 있는 구간에 원하는 납품 품목과 개수를 적으시면 됩니다."

어떤 제품들로 백만 개를 구성할지 유준수가 골똘하게 고민했다.

"립베이스보다 립스틱이 더 잘 팔리겠죠?"

"아무래도 그렇겠지요. 개발자인 제가 말하면 조금 이상할 수도 있겠지만, 두 제품 모두 아주 잘 나왔습니다. 세계 최고의 품질을 자랑하는 신제품들입니다."

"납품을 더 늘려 줄 수는 없으시겠죠?"

유준수가 이왕이면 늘려 달라는 의미로 물었다.

처음부터 배정해 줄 수 있는 최고치를 말해 준 차준후에게는 통하지 않았다.

"다른 거래처들에도 보내 줘야 하니까요."

"과도한 배려에도 불구하고 제가 잠시 욕심을 부렸습니다."

괜히 이야기했나 싶은 유준수였다.

"아닙니다. 당연히 할 수 있는 요구라고 생각합니다. 생산량이 늘어나기는 했는데, 원하는 곳이 여전히 많기 때문에 구매 제한을 둘 수밖에 없다는 점 양해 부탁드립니다."

차준후의 말에 유준수의 표정이 밝아졌다.

고민하던 유준수가 립스틱 캔디와 립베이스 비비 등을 비롯해서 기존 제품들로 납품 개수 백만 개를 채웠다.

"좋은 계약 감사합니다."

"저야말로 납품해 주셔서 감사드려야죠."

두 장의 계약서를 작성하고 서로 나눠 가진 후에는 커피를 마시며 두런두런 대화를 나누었다.

창가 쪽을 바라보면서 앉아 있는 유준수의 눈에 붉은색 포드 차량이 스카이 포레스트로 들어서는 것이 보였다.

"더 머무르고 싶은데 바쁜 분을 저 혼자 독차지할 수는 없겠네요."

"네?"

"저기 신화백화점 막내 따님께서 오셨군요. 저처럼 성형 플락스틱 공장에서 신제품 이야기를 듣고서 달려오신 듯합니다."

"여기저기 소문이 돌고 있는 모양이네요. 다음부터는 거래처들에게도 신제품 출시에 대한 보안을 요청해야겠습니다."

"음! 제가 괜한 이야기를 해서 중요한 정보처를 노출시키고 말았네요."

"아닙니다. 어차피 서서히 홍보를 하려고 했으니까, 거래처들을 통해서 정보가 흘러 나가도 괜찮습니다."

1960년대의 실상으론 신제품 정보에 대한 보안을 거래처에까지 철저하게 요구하는 건 어려웠다.

 정보 보안에 대한 사람들의 인식 자체가 거의 바닥이었으니까.

 그래서 차준후는 적당히 보안을 유지해 가면서 소문의 파급 효과를 이용하고 있었다.

 "이만 가 보겠습니다."

 "다음에 뵙겠습니다."

 유준수가 인사를 하고 난 뒤 사장실을 나섰다.

 잠시 뒤에 화려한 원피스 위에 외투를 걸친 서은영이 사장실에 들어섰다.

 "정말 대단한 립스틱을 만들었다면서? 묻어나지 않는 립스틱이라니, 당장에 내 입술에 발라보고 싶어."

 서은영은 립스틱 캔디에 대한 더욱 많은 정보를 가지고 등장했다.

 아무래도 스카이 포레스트 내부에 정보를 주는 사람을 두고 있는 듯 보였다.

 안팎으로 신제품 보안 문제가 심각했다.

 이러니 제작 공법을 비롯한 중요한 비밀을 소수의 사람들과만 공유하는 것이다.

 차준후는 정보 보안 같은 중요한 부분을 차츰차츰 기업 문화로 만들 셈이었다.

"어서 와라. 오자마자 신제품 타령이냐?"

"여성들이 환호하는 목소리가 들리지 않아? 네가 만든 립스틱 캔디는 여성들에게 보물이나 마찬가지야. 보물을 보면 눈이 돌아가는 게 당연하지."

서은영이 장난스럽게 말하면서도 진실을 담았다.

지체하지 않고 당장 립스틱 캔디를 경건하게 면접할 기회를 가지고 싶었다.

"자, 여기."

차준후가 립스틱 캔디와 립베이스 비비를 함께 건네줬다.

"와아! 정말 아름답게 생겼어."

용기를 보자마자 사랑에 빠져든 그녀의 눈빛이었다.

지금 다른 건 일절 눈에 들어오지 않았다.

오직 보이는 건 립스틱 캔디와 립베이스 비비뿐이었다.

조심스럽게 립스틱을 집는 그녀의 손이 덜덜 떨렸다.

옆에 앉은 차준후는 숨소리마저 거칠어지는 모습에 괜히 두려움을 느꼈다.

"발라 봐도 돼?"

그녀가 립스틱에 시선을 고정한 채 상기된 목소리로 물었다.

하지 못하게 하면 한 대 때리고도 남을 기세였다.

"물론이지."

서은영이 립스틱 윗부분을 제거했다.

가지고 다니는 손거울을 보면서 붉은색 립스틱을 꼼꼼하게 바르기 시작했다.

짙은 붉은색을 칠하니까 그렇지 않아도 예쁜 입술이 도톰하면서 더욱 매력적으로 보였다.

"기존에 맡아보지 못한 신선한 향인데, 달콤하면서 좋은 향기가 나."

"레몬과 오렌지를 섞어서 만든 향이야."

"앞으로 애용하게 될 것 같아."

손거울을 통해 입술을 살피고 있는 서은영이 지극히 만족스런 표정을 짓고 있었다.

음파음파 거리며 입술을 오물거리며 진짜 립스틱이 묻어나지 않는 걸 확인했다.

"얼마나 납품해 줄 수 있어? 이건 팔릴 수밖에 없는 대단한 상품이니까 무조건 많이 가지고 갈 거야."

"백만 개를 공급해 주면 만족하겠니?"

"와아아아! 만족하지. 많은 물량을 배정해 줘서 정말 고마워."

크게 기뻐한 서은영이 자리에서 벌떡 일어나 환호성을 터트렸다.

신화백화점을 찾는 손님들이 나날이 늘어나고 있었다.

이 모든 변화는 스카이 포레스트가 있어서 가능했다.

그리고 이 변화를 더욱 좋은 쪽으로 변하게 만들 마법과도 같은 신제품 립스틱 캔디와 립베이스 비비가 세상에 등장했다.

"립스틱과 립베이스의 색깔을 다양하게 만들 수 있지?"

"수천 종류의 각양각색의 제품을 만드는 게 가능하지."

"정말 잘됐다. 그렇지 않아도 스카이 포레스트 제품이 너무 단출하다고 생각했거든. 내 생각만이 아니라, 매장을 방문하는 고객들이 대부분 안타까워하는 내용들이었어."

"알아. 그래서 립스틱과 립베이스를 내놓는 거야. 제품 라인업을 다양화할 수 있으니까."

스카이 포레스트의 취약한 부분을 차준후가 누구보다 잘 알고 있었다.

창업한지 얼마 지나지 않다고 자위하면 넘길 수도 있지만 스카이 포레스트는 이제 대한민국에서 가장 잘나가는 화장품 업체였다.

서열 1위에 어울리는 다양한 제품들이 필요했다.

"넌 다 생각이 있구나. 이제 앞으로의 계획은 어떻게 돼?"

서은영이 차후에 출시될 화장품에 대해 궁금해하였다.

사업 거래처로서의 질문이기도 했고, 한 명의 여성으로서의 호기심 때문이기도 했다.

"일단 미국으로 건너갈 생각이야. 법인을 비롯해서 미국에서 해야 할 일이 많아."

미국에서 차준후가 직접 결정 내려야 할 일들이 산적해 있었다.

"혼자 가는 거야?"

그녀가 밖을 힐끔 바라보며 물었다.

"그렇지."

"아! 그렇구나."

차준후의 대답에 묘하게 안심하는 표정이었다.

아무래도 종운지 비서와 함께 간다고 생각한 듯한데.

물어보기 참으로 이상한 내용이었기에 차준후가 그냥 넘어갔다.

이런 건 깊게 파고들수록 이상해지니까.

"미국에서는 언제 돌아올 건데?"

"정확한 일정을 잡고 가는 게 아니라서. 미국에서 진행되는 일을 봐 가면서 결정해야겠지."

"이왕이면 내년이 되기 전에 돌아왔으면 좋겠다. 새해 인사도 주고받아야 하고, 국내에서도 해야 할 일이 많잖아."

"펼쳐 놓은 일이 많기는 하지."

차준후가 고개를 끄덕였다.

내년에는 정말 해야 할 일들이 많았다.

사업이 나날이 커져 가면서 신경 써야 하는 부분도 적

지 않았다.

어떻게 대처하느냐에 따라 운명이 크게 바뀔 수도 있었다.

대한민국 역사에 있어 엄청난 일이 벌어지는 1961년이었다.

역사의 물결 앞에서 차준후의 인생이 어떻게 될지는 아무도 몰랐다.

"너무 일이 많은 거 아니야?"

"내가 아니면 할 수 없는 일들이 있으니까. 그래도 일과 시간이 지나면 여유롭게 지내고 있어."

"일만 하다가 쓰러지면 큰일 나. 몸 챙겨 가면서 일해야 한다고."

"알았다. 일 절만 해라."

"건강해야지 오래 일할 수 있지. 네가 쓰러지면 신화백화점이 문 닫아야 할 수도 있어. 이제 너는 홑몸이 아니야. 신화백화점을 비롯해서 책임져야 할 사업체들이 많아."

"……그런 거였냐? 책임질 사업체에 얼렁뚱땅 신화백화점을 가져다 붙이지는 마라."

앞부분만 들었을 때 감동받으려고 했는데, 물어내라.

* * *

며칠이 지난 후, 저마다의 색을 자랑하는 수십 종류의

립스틱 캔디와 일곱 색깔의 립베이스 비비가 시장에 전격적으로 출시됐다.

자동화 설비를 통해 대량 생산된 립스틱 캔디와 립베이스 비비가 서울 전역에 쫙 깔렸고, 대도시에 자리 잡은 영업소에 배송됐다.

배송된 캔디와 비비는 다시금 영업소에 소속된 상인들을 통해 지방 상점에 유통됐다.

출시 당일, 신제품 판매가 궁금해진 차준후는 모자를 깊숙하게 눌러쓰고 문상진과 함께 영등포에 위치한 아은상회를 방문했다.

아은상회 앞에서부터 엄청나게 긴 줄이 죽 늘어서 있었다.

"여기는 줄이 너무 길다. 다른 곳에 가서 사자!"

"안 돼. 스카이 포레스트 판매점에서만 판매하는 한정품이 있다는 이야기가 있어."

"정말?"

"스카이 포레스트에서 일하는 친구에게 들었어. 한정품은 다 팔리면 절대 다시 만들지 않는다고 했어. 그러니까 가려면 너 혼자 가. 난 어떻게든 한정품을 구하고 말 거니까."

"나는 이제부터 여기에 뿌리를 내릴 거야."

직영점과 신화백화점 매장, 아은상회에서만 파는 한정

품들이 있었다.

한정품에 대한 유혹을 참지 못한 사람들은 세 곳의 매장 앞에 장사진을 치고 기다렸다.

"드디어 구했다. 캔디 립스틱 한정품!"

"와아아! 정말 예쁘다. 발라봤는데, 내가 사용했던 어떤 립스틱보다 좋아."

"음파음파 했는데, 입에 묻어나지 않아."

"스카이 포레스트는 정말 대단한 회사야. 이런 대단한 상품을 만든 개발자 차준후 사장에게는 상을 줘야 해."

"어떤 상?"

"바로 나!"

"웃기는 소리 하지 말고 가자!"

캔디 립스틱 한정판은 매장마다 사천 개씩만 풀렸다.

일 인당 한 개씩만 구매 가능했기에 구매할 수 있는 사람은 일만 이천 명이었다.

"반응이 좋네요. 이럴 줄 알기는 했는데, 눈으로 보니 장관이네요."

문상진이 매장 앞에 모여 있는 수많은 여성들을 보면서 감탄했다.

"사람들이 줄어들지 않네요."

"신제품 출시 소문이 돌았는지 새벽부터 줄을 섰다고 하더라고요. 어떤 분은 어제저녁부터 앞자리를 맡았다고 했습니다."

 화장품에 대한 여성들의 욕망이 엄청났다.

 사 놓으면 돈이 된다는 이야기 때문에 되팔기 위해 모인 사람들도 많았다.

 한정품에 대한 쟁탈전이 치열하게 벌어졌다.

 "인기 있는 한정품을 판매하면 이런 일이 벌어지고는 하죠."

 며칠 밤낮 동안 줄을 서면서 원하는 상품을 구매하는 게 차준후에게는 익숙한 광경이었다.

 미래에서는 심심찮게 벌어지는 일이었으니까.

 얼마나 길게 줄을 세우느냐에 따라 상품의 명성이 결정되기도 했다.

 아은상회 직원들이 분주하게 움직이면서 손님들을 응대하고 있었지만, 줄이 줄어들기는커녕 점점 더 길어지고 있었다.

 반응이 폭발적이었다.

 밖에서 손님들을 관리하고 있던 건장한 체격의 사내가 안으로 들어갔다가 나왔다.

 "사장님, 모자를 더 깊이 눌러쓰셔야겠어요. 아까부터 힐끔힐끔 쳐다보는 사람들이 늘어나고 있어요."

 문상진이 작은 목소리로 말을 걸어왔다.

 두 사람이 아은상회에 들어서지는 않고 밖에서 살펴보

고 있었다.

"아무래도 조용하게 시찰하는 건 틀린 것 같죠?"

"너무 많이 유명해졌으니까요. 저번에 시찰 영향 때문인지 스카이 포레스트 본사에서 암행 감찰을 나설 수 있다는 소문이 판매점에 돌았어요. 그 때문인지 사장님이 방문했을 경우 재빨리 윗선에 보고하라는 지시가 떨어졌다고 하더군요."

판매점들에 있어 차준후의 방문은 무엇보다 신경 써야 할 부분이었다.

아니나 다를까.

하늘거리는 치맛자락을 휘날리며 박아은이 차준후에게 다가왔다.

"안녕하세요. 바쁘신 차준후 사장님. 어쩐 일이신가요?"

그녀가 당당한 목소리로 차준후에게 인사를 해 왔다.

가볍게 고개를 숙여 문상진에게도 아는 체를 하였고, 문상진도 목례를 했다.

"저 사람이 놀라운 화장품들을 연달아 개발하고 있는 차준후 사장이래."

"와! 정말 잘 생겼다. 내 이상형이야."

"여자들이 필요한 화장품들을 출시해 줘서 정말 고마워요."

차준후 이름을 호명하는 순간 화장품들을 구매하기 위

해 줄 서고 있던 여인들이 웅성거렸다.

건장한 체격의 사내들이 호위하고 있는 박아은과 대화를 나누고 있어 다가서지는 못하고 힐끔거리며 쳐다봤다.

"신제품 반응이 궁금해서 찾아왔습니다."

"아! 이번 신제품인 립스틱 캔디는 사용해 보니까 정말 좋더라고요. 지금 제 입술에도 발랐는데, 묻어나지 않는 건 정말 환상적이라는 말로도 부족해요."

그녀는 캔디에 대한 극찬을 늘어놓았다.

손님들에게 판매하기 전 립스틱과 립베이스를 직접 체험해 봤다.

이전에 존재하지 않던 묻어나지 않는 립스틱 캔디와 립밤 그리고 파운데이션을 섞어 놓은 립베이스 비비는 신세계를 경험하게 만들어 줬다.

"좋게 봐줘서 고맙습니다."

"한정품을 출시한 건 정말 공식 판매점들을 일반 상점들과 차별화시킨 멋진 방법이었어요."

아버지를 졸라서 아은상회를 연 그녀는 매일 판매된 금액을 보고서 놀라고 있었다.

그런데 신제품 두 종류로 인해 매출이 더욱 폭발적으로 늘어날 조짐을 보여 줬다.

"앞으로도 공식 판매점들을 우대해 줄 계획입니다."

"그 말씀은 공식 판매점에서만 판매되는 상품이 있다는 말씀인가요?"

그녀는 아은상회에서 일하며 너무나도 즐거웠다.

매일매일 짙은 돈 냄새를 맡으면 심장이 두근거렸다.

너무 돈을 탐한다고 손가락질하는 사람들도 있지만 그녀는 돈이 좋았다.

"맞습니다. 지속적으로 공식 판매점만의 상품들이 출시될 겁니다."

고객들이 직영점과 공식 판매점을 꾸준하게 찾을 수 있도록 조치하는 방법이었다.

일반 상점과 똑같은 대우를 받으면 억울할 테니까.

제6장.

미국행

미국행

"길거리에서 이야기하지 말고 상회로 들어가요. 건물 안으로 들어가서 보면 손님들의 반응이 더 대단하다는 걸 피부로 느낄 수 있을 거예요."

그녀는 더욱 심도 있는 대화를 하고 싶었다.

차준후와 같은 능력이 뛰어나고 잘나가는 남자와 대화하는 것은 아무리 길어도 질리지 않았다.

"반응만 살펴보러 왔습니다. 살펴봐야 할 곳들이 많아서 이만 돌아가 봐야겠습니다."

다른 직영점과 백화점에도 방문할 생각이었기에 한곳에 오래 머무르기 곤란했다.

"아쉽네요."

박아은이 안타까운 표정을 지었다.

사업적으로 물어보고 싶은 내용도 많았고, 앞으로 스카이 포레스트에 출시될 화장품들에 대해서도 알고 싶었다.

"다음에 기회가 있겠지요."

차준후가 박아은에게 가볍게 인사를 하고 난 뒤 문상진과 함께 차를 타고 움직였다.

그들이 방문한 직영점과 신화백화점 모두 손님들이 구름처럼 몰려 있었다.

"출시만 하면 반응이 폭발적이네요. 시간이 지날수록 매장마다 몰려드는 고객들의 수가 점점 늘어나고 있습니다."

스카이 포레스트의 신제품인 립스틱 캔디와 립베이스 비비에 대한 소식을 접한 고객들의 방문이 이어지고 있었다.

상점이 문을 열자마자 일찌감치 와서 구매했던 손님들의 환상적이라는 입소문까지 빠른 속도로 퍼졌다.

화장을 하는 여성들이라면 립스틱을 하나 정도는 가지고 있다.

누구나 사용할 수 있는 범용성을 가졌지만, 다른 제품들과 차별화된 립스틱 캔디의 파급력은 정말 엄청났다.

"음! 일 차 판매 물량을 늘렸기 때문에 품절되지 않을 수도 있다고 예상했습니다. 그런데 이 정도 반응이면 오늘도 매진이 나오겠네요."

"보나 마나 매진입니다. 목숨 걸고 립스틱을 구매하려는 저 여인들의 표정이 보이지 않습니까? 생산 물량을 더 늘려야겠습니다."

문상진은 신제품의 매진을 확신했다.

판매 물량이 늘어난 것보다 구매하려는 사람이 더욱 많아졌다.

"생산 물량 증산에 대해서는 전무님께서 책임지고 진행해 주세요."

"어느 정도까지 진행하면 되겠습니까?"

"전무님께서 적당하다고 생각되는 선까지 밀어붙여 보세요. 믿고 맡기겠습니다."

"최선을 다하겠습니다."

맡긴다!

문상진이 가장 좋아하는 지시 단어였다.

생산성을 더 높이기 위해서는 노동력인 근로자를 더 늘리거나 장비를 설치하기 위한 자본을 더 투입해야 한다.

투입되는 노동력과 자본에 따라 생산성이 결정되는데, 문상진은 스카이 포레스트의 생산성을 그래프로도 그릴 수 있었다.

노동력 투입 기여도와 자본 투입 기여도를 꼼꼼하게 따져 볼 생각에 벌써부터 몸이 근질거렸다.

오랜 시간 배웠던 지식을 산업 현장에 녹여 내는 일이 재미있었다.

'요즘 들어 일을 너무 많이 맡기는 것 같은데……'

차준후는 문상진에게 보상을 해야겠다고 생각했다.

실제로 스카이 포레스트에서 책임지고 있는 문상진 전무의 업무 양이 상당히 많았다.

자신과 달리 일을 많이 맡을수록 점점 더 즐거워하는 일벌레 문상진이었다.

사람마다 다른 거니까, 문상진의 취향을 존중했다.

그래도 보상은 필히 해야만 했다.

"혹시 전무님 가족분들, 건강 검진은 받으셨습니까?"

"건강 검진이요? 모두 튼튼해서 건강 검진을 받지 않아도 괜찮습니다."

"제가 이야기 해 둘 테니까, 부모님과 처가댁 모두 함께 영등포 제1 육군 병원에 가서 종합 건강 검진을 받아 보세요. 혹시라도 몸에 있을 수 있는 병을 예방할 수 있는 좋은 시간이 될 겁니다."

차준후가 제1 육군 병원에서 받을 수 있는 최고의 건강 검진을 이야기했다.

군인들을 위한 제1 육군 병원이지만 권력자들을 비롯한 높은 분들과 그와 관련된 사람들이 건강 검진을 자주 받았다.

이런 특혜를 이용할 수 있는 사람 가운데 한 명이 바로 차준후였다.

자기 사람이라고 생각되는 문상진을 위해 기꺼이 전화 한 통을 걸 생각이다.

문상진 본인이 건강한 것은 물론이고, 직접적인 영향을 끼치는 주변 사람들까지 건강해야 열심히 일하지 않겠는가.

어떻게 보자면 사장으로서 당연히 신경 써야 할 부분이기도 했다.

"고맙습니다."

문상진이 고개를 숙였다.

이처럼 아랫사람을 각별하게 생각해 주는 사장이라니, 너무나도 고마웠다.

"전무님뿐만 아니라, 이번 기회에 다른 스카이 포레스트의 직원들도 건강 검진을 받아 볼 수 있도록 하는 편이 좋겠군요."

문득, 문상진뿐만 아니라. 다른 직원들의 건강도 걱정이 됐다.

여러 가지가 부실한 1960년대다.

언제 어디서 문제가 생길지 몰랐다.

스카이 포레스트의 직원들은 모두 숙련된 기술자들, 이들을 다시 구하기란 쉽지 않은 일이었다.

"탁월하신 생각이십니다. 그것도 보고서를 준비해 보겠습니다."
"부탁드립니다."
 일이 더 늘어났으나, 문상진은 만면에 웃음을 숨기지 않았다.

* * *

「립스틱 캔디! 여성의 마음을 홀린다.」
「스카이 포레스트가 또 다시 해냈다. 세계 최초의 화장품 립베이스 비비 출시!」
「멈추는 방법을 모르는 스카이 포레스트.」
「천재가 다시 한번 재능을 증명해 냈다.」
「화장품 업계는 차준후 시대를 살고 있다.」
「묻어나지 않는 립스틱! 립스틱의 혁명!」

 모든 신문들 일면이 스카이 포레스트와 차준후에 관련된 기사로 도배됐다.
 천하일보에 대문짝만하게 실린 차준후의 모습이 무척이나 매력적이었다.
 "이야! 이 사람은 정말 잘났다고 인정할 수밖에 없다."
 "마누라가 립스틱 캔디 구하지 못하면 집에 들어오지

말라고 하더라."

"오오오! 좋은 이야기네."

"큰일 날 소리 하지 마라. 어떻게든 구해야 한다고."

"쳇! 이것 가지고 가라. 제수씨 생각나서 구한 립스틱 캔디다."

"정말 고맙다. 집에 캔디 전해 주고 온 뒤에 술 한잔하자."

"좋았어. 그렇지 않아도 술을 사라고 말하려고 했다. 어제 화장품 상점을 지나가다가 캔디를 하나 구매한 데에는 큰 계획이 있었던 거지."

"잘했다. 네 덕분에 대놓고 술 한 잔 마셔도 괜찮겠다."

여자들뿐만이 아니라 남자들도 스카이 포레스트의 신제품에 큰 영향을 받고 있었다.

그렇지만 직접 사용하는 여성들이 크게 들썩거리고 있었다.

"야! 오늘따라 미향이가 더 예뻐 보이지 않냐?"

"원래도 예뻤지. 그런데 오늘따라 입술이 더 도톰해 보이는데……."

"립스틱을 바꿨다고 하더라."

"어떤 제품인데? 쟤는 수입품 사용한다고 했잖아?"

"립스틱 캔디! 이번에 스카이 포레스트 립스틱으로 갈아탔다고 하더라고. 무엇보다 묻어나지 않아서 좋다고 말했어."

"에이! 립스틱이 어떻게 안 묻어나?"

"너는 신문도 안 읽니? 신문 일면에 대문짝만하게 나왔어."

"정말인가 보네. 립스틱 캔디 사러 가자. 그런데 캔디가 무슨 뜻이야? 스카이 포레스트는 영어로 이름을 지어서 무슨 뜻인지 모르겠어."

"사탕이라고 하더라."

"입술에 달콤함을 선물한다는 뜻인가? 어울리는 이름이다."

신제품 출시 이튿날 화장품 상점에 전날보다 더욱 많은 여성들이 몰려들었다.

둘째 날도 신제품이 매진됐다.

캔디와 비비를 찾는 사람들이 줄어들지 않고 계속해서 늘어났다.

신제품 구매 행렬에 외국인들까지 다시금 합류했다.

상점 앞에 길게 늘어선 줄에 외국인들이 틈틈이 끼어 있었다.

"캔디! 산다! 비비! 산다! 달러! 산다!"

달러를 손에 들고 흔드는 외국인이 짧은 한국어를 내뱉으며 기어코 립스틱 캔디와 립베이스 비비를 구매해 냈다.

"이 회사 신제품은 출시 초기에 구매하기가 정말 지옥이다."

"그 지옥에 기꺼이 몸을 던져야지."

"물론이지. 이런 화장품을 가질 수만 있다면 지옥이라도 갈 거야."

스카이 포레스트 화장품을 구매하는 데 있어 오랜 시간을 기다리는 건 내국인과 외국인 차별이 존재하지 않았다.

이런 줄 서기 현상이 신문에 보도되면서 국내에 커다란 충격을 안겨 줬다.

충격파는 외국으로도 번졌다.

미국 CBC 방송국의 미용 방송 프로그램인 뷰티 월드 사람들이 줄 서기 현상을 찍어가서 방송으로 보도했다.

뷰티 월드는 스카이 포레스트 관련 영상으로 톡톡히 재미를 보고 있었다.

아름다움을 원하는 여성의 본능을 자극하면서도 미국이 아닌, 세계최초라는 소재 때문에 방송만 하면 시청자들을 텔레비전 앞으로 끌어모았다.

시청자들의 관심이 지속적으로 높아지고 있었기에 많은 돈을 들여가면서 카메라를 비롯한 방송 관련 자재들과 함께 사람들을 대한민국으로 빠르게 파견했다.

최초로 미국에서 립스틱 캔디와 립베이스 비비를 알린 결과, 뷰티 월드는 최고 시청률을 기록했다.

"스카이 포레스트는 미국 방송에 단골로 등장하는구나."

"그 콧대 높은 미국인들도 대단하다고 인정하는 거지."

"세계 최초의 묻어나지 않는 립스틱이야. 모른다면 그들만 손해인 거지."

"난 그들이 몰랐으면 좋겠어. 스카이 포레스트 화장품을 내가 모두 사용하고 싶으니까."

뷰티 월드의 방송이 다시금 주한미군방송인 AFKN에서 방영됐고, 한국인들의 자부심이 크게 올라가는 현상으로 이어졌다.

립스틱 캔디 출시 이후 벌어지는 폭풍과도 같은 일들로 인해 직원들 모두 이른 아침부터 밤늦게까지 작업해야만 했다.

그럴수록 스카이 포레스트의 매출은 매일매일 최고치를 경신하고 있었다.

* * *

1960년 11월 말, 신제품 출시로 바쁘게 돌아가고 있는 스카이 포레스트가 200만 달러에 달하는 화장품을 미국 선박에 선적하고서 받은 선적 서류들을 조아 은행 용산지점에 제출했다.

캄벨 무역회사에서 신용장 대금 지급을 받아들이자, 수출대금 200만 달러가 스카이 포레스트의 계좌로 입금됐다.

"정말로 입금됐네요."

문상진이 통장에 적힌 200만 달러를 보면서 몸을 떨었다.

13억 환에 달하는 엄청난 금액 앞에서 정신이 멍해지는 기분이었다.

"계약대로 이뤄진 자연스러운 일입니다."

차준후가 담담하게 이야기했다.

"그래도 눈으로 직접 보니 느낌이 다르네요."

"달러로 입금을 받았는데 상공부에서 환전을 요구하고 있습니다. 며칠 내로 원화로 환전이 될 겁니다."

"은행이 아닌 사채시장에서 환전하면 많은 이득을 볼 수 있는데, 그럴 생각은 없으시죠?"

"은행을 통해 환전해도 충분한 이득입니다."

차준후는 불법적인 방법을 동원해 가면서 이득을 보고 싶은 마음이 눈곱만치도 없었다.

"……알겠습니다."

문상진도 차준후가 지금처럼 나올 걸 알고 있었다.

수천만 달러가 들어온다고 해도 사소한 이득 때문에 사채시장을 찾을 성격이 아니었다.

"지난번에 이야기한 것처럼 법인 설립 때문에 미국으로 가 봐야겠습니다."

차준후가 미국행을 결심했다.

단순히 법인 때문에 가는 것이 아니라 수출 확대를 비롯해서 여러 가지를 다각도로 고려하기 위한 미국행이었다.

 1960년대에서 편안하게 살아가면서 사업하기 위해서는 이것저것 따져 가면서 준비해야 할 것들이 참으로 많았다.

 "드디어 가시려고 하는군요. 지금도 많이 늦은 느낌입니다."

 일이 진척이 상당히 진행되었기에 근래 들어서 빨리 미국으로 건너오라는 편지가 쇄도하고 있었다.

 "원할 때 가는 겁니다."

 차준후는 돈이 먼저가 아니라 미국 시장의 분위기가 달아오를 대로 달아오른 다음에 움직이고 있었다.

 시장 상황에 끌려다니는 게 아닌, 주도적으로 움직이는 것이었다.

 자신이 만들어 낸 화장품에 대한 자부심이 있기 때문에 가능한 일이었다.

 "멋지십니다."

 문상진은 오만해 보이는 차준후의 자신감이 정말 멋있게 느껴졌다.

 "서신으로 자주 연락을 하겠지만 국내 상황을 부탁드리겠습니다. 저번에 이야기했던 것처럼 급박한 일이 벌어지면 전무님이 독단적으로 처리한 뒤에 사후 보고를 해 주시면 됩니다."

"맡겨 주십시오. 절대 실망시켜 드리지 않겠습니다."

"사업에 절대라는 말은 없습니다. 그저 최선을 다해 주시면 됩니다."

첫 수출에 성공한 스카이 포레스트의 직원들이 환호성을 터트릴 때, 차준후는 미국으로 향했다.

이제부터 본격적인 시작이었다.

첫 번째 해외 수출 선적 소식을 대내외에 알리자 수많은 바이어와 해외 기업들의 스카이 포레스트 방문과 전화 통화가 이어졌다.

수출 계약 양해 각서를 체결하기 위한 접근이었다.

당분간은 미국 시장에만 전념하겠다는 차준후의 방침으로 인해 다른 해외 수출 성사가 이뤄지지는 않았다.

그렇지만 마음만 먹으면 언제든 수출 시장 다변화와 함께 수출이 가능하다는 걸 예고해 두었다.

차준후는 미국 시장의 화장품 판매를 추적 관리하면서 후속 대책과 함께 미국법인의 성장을 지원해 나갈 계획이었다.

미국을 비롯한 세계 주요 시장에 대한 정보를 입수하고, 신규 화장품을 출시하는 등 사장으로서 처리해야 할 일들이 산적해 있었다.

* * *

 캘리포니아를 날고 있던 터보프롭 비행기 한 대가 로스앤젤레스 공항에 착륙을 시도하고 있었다.

 검은색 양복을 걸친 차준후가 창가 자리에서 밑으로 보이는 화려한 건물들을 바라보았다.

 눈에 가득 들어오는 현대식 건물들을 보면서 비로소 미국에 도착했다는 것을 실감했다.

 '제트 여객기가 아닌 터보프롭 비행기는 오랜 비행 때문에 무척 불편하네.'

 유럽에 갈 때도 느꼈던 불편으로 인해 장거리 대형 여객기가 하루라도 빨리 출시되기를 바랄 뿐이었다.

 미국의 항공기 제조사에서 본격적인 제트기 항공 시절을 열려면 무려 10년 정도 기다려야만 한다는 사실이 무척 안타까웠다.

 세계 최초의 양산형 상업용 제트 여객기가 나오는 시기가 십 년 뒤인 1970년이었다.

 '한 손 거들면 제트 여객기 출시가 빨라질 수도 있지 않을까?'

 차준후가 해외를 오갈 때의 불편함을 해소하기 위해 제트 여객기의 시대를 빨리해야 하는지에 대해서 잠시 고민했다.

엔지니어가 아니었기에 세세하게 도울 수는 없었지만, 광동체 형태와 엔진의 위치 등 약간의 조언만으로도 항공 산업 발전에 크게 기여할 수 있지 않을까 고민했지만, 이내 고개를 저었다.

순전히 불편함 때문에 잠시 고민했을 뿐, 항공 산업에 간섭하고 싶지는 않았다.

비행기에서 내려 입국 심사대를 통과하여 밖으로 나오자, 공항으로 마중 나온 티에리 캄벨을 만날 수 있었다.

"미국에 오신 걸 환영합니다. 미국에서 보니까 더 반갑네요."

티에리 캄벨이 차준후의 미국 도착을 뜨겁게 반겼다.

"반갑습니다."

차준후는 도착하는 날과 시간을 알려 주면서 마중 나올 수도 있다고 생각했다.

"어디로 가실 건가요? 시차 때문에 힘드시면 호텔로 모셔다 드릴까요?"

"우선 스카이 포레스트의 미국 사무실로 갑시다."

"사장님이시라면 그럴 줄 알았어요."

공항을 벗어난 자동차가 LA 산타모니카를 향해 움직였다.

이제 막 어두워져 가고 있는 도로 양쪽으로 하늘 높이

치솟은 빌딩들이 화려하게 빛나고 있었다.

카페, 레스토랑, 부티크 등의 상점들은 사람들로 북적거렸다.

"여기가 로스앤젤레스에서 가장 큰 규모의 쇼핑지역이에요."

노을이 지고 있는 하늘은 무척 인상적이었다.

길거리 한쪽에서는 댄스 대결을 하고 있는 무리들도 보였다. 흥이 나서 어깨를 들썩거리면서 춤을 따라 하는 구경꾼들도 상당히 많았다.

자유와 매력이 넘치는 거리였다.

산타모니카 쇼핑 거리는 로스앤젤레스에서 화려하면서 볼거리가 많을 걸로도 유명했다.

"산타모니카는 파란 하늘과 바다를 보면서 자유를 만끽할 수 있는 쇼핑의 천국이죠. 산타모니카는 스카이 포레스트 직영점 후보지 가운데 한 곳이라는 걸 알고 계시죠?"

"예. 무척이나 아름다운 도시네요."

"저는 처음 산타모니카 해변을 밟았을 때 너무나도 매력적인 풍경과 사랑에 빠져들고 말았죠. 제가 가장 사랑하는 해변이기도 해요."

산타모니카 해변도로를 따라 달린 차량이 빨간 벽돌로 지어진 4층 건물 앞에 멈췄다.

"여기예요."

스카이 포레스트 미국 사무실은 건물의 4층을 통째로 사용하고 있었다.

"사장님, 오셨습니까?"

이다일을 비롯한 직원들이 차준후에게 우르르 몰려와 인사를 건넸다.

"잘 지내고 있었습니까? 이역만리 타국에서 고생이 많습니다."

"고생이라니요? 저희가 좋아서 하고 있는 일입니다."

검게 타 버린 직원들의 얼굴에 웃음이 가득하다.

그들은 산타모니카에서 행복한 나날을 보내고 있었다.

브로드웨이부터 산타모니카 해변까지 볼 것도 많고 풍광이 아름다운 곳에서 지낼 줄은 미처 생각하지 못했다.

미국에 오면 저렴하고 외진 곳에서 지낼 줄 알았는데, 로스앤젤레스 최고의 번화가에서 잘 먹고 깨끗하고 좋은 숙소에서 지낸다.

이 모든 게 차준후의 넉넉한 지원 덕분이었다.

생각지도 못한 풍족한 대우 덕분에 일하면서도 힘이 마구 솟아났다.

차준후의 방문을 격하게 반길 수밖에 없었다.

차준후는 초기 투자 비용이 과도하게 들어가더라도 직원들이 좋은 숙소와 사무실에서 일할 수 있기를 원했다.

편안하고 좋은 장소에 머물러야 일도 효율적으로 할 수 있는 법이다.

"사장님, 아이스 커피 한 잔 가지고 올까요?"

"아닙니다. 괜찮습니다."

커피 심부름을 시키는 것처럼 느껴졌기에 차준후가 거절했다.

"여기 일 층 커피숍 커피가 아주 맛있습니다. 바로 커피 주문해서 돌아오겠습니다."

차준후의 아이스 커피 사랑을 잘 아는 직원이 잰걸음으로 내달렸다.

"커피숍에서 아이스 아메리카노를 판매하고 있나요? 보통은 판매하지 않을 텐데요."

"사장님 말씀처럼 원래 일 층 커피 매장에 아이스 커피란 메뉴는 없었습니다. 그런데 저를 비롯한 직원들이 아이스 커피를 찾는 일이 많았고, 결정적으로 티에리 씨가 커피 매장 사장님에게 강력하게 요구해서 판매하게 되었습니다."

"제가 부탁했어요. 개인적으로 잘 알고 있는 분이거든요."

커피 매장은 아이스 커피를 새롭게 메뉴에 포함시켰다.

뜨겁게 먹는 커피에 얼음과 물만 추가하면 되었으니 크게 번거롭지도 않았기에 가능한 일이었다.

한국인들과 티에리만 구매하던 아이스 커피를 언제부

터인가 찾는 미국 손님들이 조금씩 늘어났다.

커피 매장에 한국의 아이스 아메리카노 문화가 전파되고 있는 것이었다.

모양새는 이상하지만, 한국의 문화가 수출된 셈이었다.

"업무는 잘 진행되고 있습니까?"

차준후가 미국 파견 팀장을 맡고 있는 이다일에게 물었다.

미국 사무실의 주된 업무는 크게 두 가지였다.

첫째는 원료 구입이었고, 둘째는 수출 업무였다.

원료 구입에 애를 먹고 있었기 때문에 수출보다 원료를 먼저 챙겼다.

좋은 화장품을 만들기 위해서는 좋은 원료를 확보해야만 했다.

"수출과 원료 구입에 대한 업무 계획이 순조롭게 진행되고 있습니다. 처음 들어 보는 회사라면서 거절하는 원료 판매 업체들도 화장품 밀크와 쿠션 톡톡을 만드는 회사라고 이야기하면 호의적으로 다가섭니다."

이다일이 진행 과정에 대해서 보고했다.

"여태까지는 수출 실적이 없어서 원료 구입이 어려웠지만 이제는 상황이 달라졌습니다. 실적에 관련된 서류를 상공부에 제출했으니, 마음껏 수입할 수 있습니다. 가격보다는 품질에 신경 써 주세요."

"지시대로 처리하겠습니다."

수출 실적을 기준으로 상공부에서 각 회사에 일정량의 수입을 지정해 준다.

이른바 수입 쿼터제이다.

이 때문에 국내 기업들 사이에서 수출 실적에 달러당 프리미엄을 붙여서 거래하는 일까지 벌어지고 있다.

물건을 만들기 위해서는 해외에서 원자재를 수입해야 하는데, 수출이 없는 회사들은 결국 돈으로 수출 실적을 구매해야 하는 구조였다.

이로 인해 수출 기업들은 수입쿼터만 가지고도 큰돈을 챙기는 게 가능했다.

"원료 거래처에서 펄 에센스를 구하고 싶다는 주문을 해 왔습니다."

이다일은 거래처들을 돌아다니면서 수출할 수 있는 걸 알아보았고, 결국 원료 거래처 후보 가운데 한 곳에서 주문을 받아 냈다.

열정이 이뤄 낸 성과였다.

물론 원료 거래처 후보가 스카이 포레스트에 잘 보이고자 하는 부분도 있었다.

"펄 에센스면 정제한 갈치 비늘에서 만드는 걸 이야기하는 거군요."

차준후가 펄 에센스를 곧바로 알아들었다.

펄 에센스는 매니큐어의 주된 원재료로 많은 갈치잡이 어선이 있는 한국에 알맞은 수출 품목이었다.

실제로 1970년대에 한국의 든든한 효자 수출 품목으로 부상하게 된다.

매니큐어에 반짝이는 펄의 효과를 내기 위해서는 자연 원료인 갈치 비늘이 10% 이상 함유되어야만 했다.

21세기에는 화학 성분으로 펄의 효과를 내지만 1960년대에는 10% 이상 펄 에센스가 들어가야만 화려하게 반짝거렸다.

"금액이 4만 달러에 불과하지만, 첫 번째 거래이기에 나쁘지 않다고 생각합니다."

이다일이 송구하다는 표정이었다.

200만 달러 화장품 수출에 비해 4만 달러 펄 에센스 규모는 초라해 보였다.

"그런 생각하지 마세요. 1달러라도 귀하게 여겨야 합니다. 달러 수출 대금은 스카이 포레스트의 수입 원료 구입에 도움이 되는 동시에 대한민국 경제를 튼튼하게 만들어 줄 겁니다."

차준후는 이번 일을 대단히 높이 평가했다.

단순히 평가만 하고 넘어갈 생각이 없었다.

묵묵하고 성실하게 일하면서 성과를 만들어 낸 직원들에게 항상 후하게 보답했다.

"펄 에센스 수출에 대한 성과급을 지급하겠습니다. 대단한 일을 해낸 겁니다."

"감사합니다. 이건 아직 확정되지 않고 진행되고 있는 건인데, 낚싯밥에 관한 이야기도 있습니다."

"낚싯밥이요?"

화장품 회사에 어울리지 않은 품목에 차준후가 터져 나오는 웃음을 참지 못했다.

그저 낚싯밥을 우습게 생각해서 웃은 건 아니었다.

오대양의 미국 첫 수출 상품은 화장품이 아니라 바로 낚싯밥이었다.

오대양은 수입 쿼터 때문에 수출 품목을 찾고 있었고, 미국 낚시업체로부터 낚싯밥을 만들어 달라는 첫 주문을 얻어 냈다.

모든 기업들이 수입 쿼터제 때문에 닥치는 대로 수출 품목을 찾던 시기였다.

"제 취미가 낚시입니다. 주말에 산타모니카 해변에서 낚시를 하다가 대단히 큰 규모의 업체를 발견하고 방문하게 됐습니다. 업체 주인과 이야기를 나눴는데, 낚싯밥을 제대로 만들어 오면 납품을 받아 주겠다고 하더라고요."

이다일의 열정을 높이 산 업체에서 낚싯밥 견본을 내주면서 제대로 만들어 오면 납품 계약서를 작성해 주겠다고 했다.

"주말에도 일하다니 정말 대단합니다."
"우연하게 얻게 된 실적입니다."
 말과는 달리 이다일이 의욕적으로 움직여서 얻어 낸 주문이었다.
"낚싯밥이면 수출하기에 적절한 품목이겠군요. 지원해 줄 테니까 제대로 진행해 보세요."
"최선을 다하겠습니다."
 차준후가 산타모니카에 사무실을 낸 덕분에 벌써 한 건의 수출 계약이 성사됐고, 또 하나의 수출 계약이 무르익어 갔다.
 투자한 비용을 제하고도 남는 장사였다.

LA 한국일보

"사장님, 아이스 커피 가지고 왔습니다."
양손에 커피를 든 직원이 빠른 걸음으로 다가왔다.
"고맙습니다."
차준후가 사람 좋게 웃으며 커피를 받아 들었다.
"여기 티에리 씨 커피도 있어요."
"잘 마실게요."
미국 산타모니카에서 마시는 아이스 커피에서는 색다른 맛이 났다.
"사장이 오래 머물러 있으면 불편하니까 저는 이만 가 보겠습니다."
"아닙니다."
"계속 있으셔도 됩니다."

"너무 밤늦게까지 일하지 말고 일찍 퇴근하세요."

"알겠습니다."

"숙소로 돌아가도 할 일이 없습니다. 경치 좋은 사무실에 있으면 휴가 온 것처럼 아주 편안합니다."

직원들이 퇴근을 거부하고 있었다.

산타모니카의 아름다운 경치를 바라보면서 일한다는 건 대단히 사치스러운 일이었다.

거기에 풍족한 월급까지 받고 있으니 불만을 가질 수가 없었다.

"몸 축내지 말고 적당히 일하세요."

차준후가 웃으며 당부한 뒤 사무실에서 빠져나왔다.

"직원들이 정말 사장님을 좋아한다는 게 느껴져요."

티에리가 그런 스카이 포레스트를 부럽다는 눈으로 바라보았다.

캄벨 무역회사를 운영하면서 여러 직원들을 고용하고 있지만 사무적으로 대하는 경우가 많았다.

"한국 특유의 따뜻한 정 문화가 있어서 그렇습니다. 직원들이 가족처럼 끈끈하게 지내고는 하지요."

한국의 직장 문화는 서양과 판이했다.

때로 대단한 병폐를 일으키기도 하지만 가족처럼 지낼 수 있는 분위기는 큰 장점이었다.

유기적으로 움직이며 하나로 똘똘 뭉치면 불가능에 가

까운 일도 해낼 수 있다.

지금의 스카이 포레스트가 바로 그랬다.

차준후를 필두로 직원들이 한마음으로 움직이고 있었다.

"로스앤젤레스 최고의 로안 글로리 호텔로 모셔다 드릴게요."

"부탁드리겠습니다."

장시간 비행으로 인해 피곤한 게 사실이었다.

저질 체력 때문인지, 침대에 누우면 금방이라도 잠들 것만 같았다.

차준후가 예약해 둔 최고급 객실에 올라서서 짐을 풀고 가볍게 씻고서 침대에 몸을 기댔다.

보통 시차 때문에 쉽사리 잠을 이루지 못하는데 눈을 감자마자 곧바로 곯아떨어졌다.

가지런한 숨소리만 실내에서 조용하게 울렸다.

* * *

스카이 포레스트의 LA 법인 설립 소식은 한인 교민들에게 각별한 관심을 받고 있었다.

대부분의 미국인은 대한민국이 아시아에 있는지도 몰랐다.

그런데 미국인들 사이에서 언제부터인가 대한민국 이야기가 조금씩 흘러나왔다.

미국인들의 인식 변화는 모두 스카이 포레스트 화장품에서부터 시작됐다.

대한민국 정부와 수십만의 한인 교민들도 해내지 못한 걸 일개 사기업에서 해냈다.

차준후의 도착과 함께 스카이 포레스트의 미국 사업은 더욱 활기를 띠었다.

"인터뷰를 흔쾌히 응해 주셔서 감사합니다. LA 한국일보의 김보배 기자입니다."

사전 약속을 한 김보배가 목에 카메라를 걸고서 사장실을 방문한 건 오전 업무가 시작되는 시간이었다.

인터뷰에 대한 기대감으로 영업 시간이 되자마자 달려와서 차준후를 마주했다.

LA 한국일보는 미국에서 교민들을 대상으로 하는 신문사들 가운데, 가장 큰 규모를 자랑했다.

40여 명 정도의 기자들이 활동하고 있었는데, 그 가운데 김보배라는 여기자가 스카이 포레스트 미국 사무실에 방문하는 기회를 잡았다.

차준후와 인터뷰에 있어 LA 한국일보 기자들 사이에 아주 치열한 전쟁이 벌어졌었다.

"만나서 반갑습니다. 차준후입니다."

막 출근해서 아이스 커피를 한잔하고 있으니, 인터뷰 시간이 되었다.

"만나서 영광이에요."

"영광까지 말하기에는 너무 많이 나간 거겠죠."

"아니에요. 모두가 대한민국의 인식을 바꾸는 게 불가능하다고 생각했어요. 그게 얼마나 교민들에게 힘이 되는지 차준후 씨는 모르실 거예요. 저만 해도 얼마나 몸에 힘이 들어가는지, 몇 번이고 감사를 표해도 모자라요."

그녀는 최빈국 대한민국의 인식을 변화시키는 건 불가능하다고 생각했는데, 화장품 하나가 단번에 미국인들의 생각 자체를 바꿔 버리는 걸 보고서 경악했다.

당연히 좋은 쪽이었다.

대한민국 스카이 포레스트의 성공은 그녀를 비롯한 한인 교민들에게 엄청난 힘이 됐다.

그녀가 이 엄청난 업적을 만든 천재 사업가 차준후를 흠모 어린 눈길로 바라보았다.

"영광 이야기는 이르다고 생각합니다."

차준후는 여기자의 흥분을 이해하고 있었지만, 아직 시기상조라고 판단했다.

"무슨 말씀인가요?"

"아직 보여 드릴 게 많이 남았거든요."

만들어 낼 수 있는 화장품에 대한 믿음이 바탕에 깔린

자신감이었다.

 혁신적인 화장품들을 출시해 낼 수 있는데, 주변 환경과 시설 장비들 때문에 영향을 받았다.

 "아!"

 그녀의 눈이 커졌다.

 스카이 포레스트의 대성공을 당연하면서도 가볍게 여기고 있는 모습이 무척이나 인상적이다.

 무슨 이야기인지 알 것 같았다.

 지금까지만 해도 엄청난 일인데, 천재는 아직 자신의 모든 걸 보여 주지 않았다는 소리였다.

 "앉아서 이야기하지요."

 "네. 아직 보여 줄 게 많이 남았다고 하셨잖아요. 무엇인지 너무 궁금해요."

 그녀가 앉자마자 곧바로 물었다.

 "미국 법인 설립과 직영점에 대한 이야기는 이미 알고 계실 테고……."

 차준후가 말끝을 흐렸다.

 어떤 걸 이야기할지 잠시 고민했다.

 "사무실 직원들에게 이야기를 듣고서 벌써 기사로 보도한 내용들이에요. 신문을 본 교민들이 얼마나 좋아했는지 몰라요. 신문 구독자들 중에 눈물을 흘린 분들도 있어요. 신문사에 전화 걸어서 기쁜 소식을 알려 줘서 고맙다고 울먹거리기도 했다고요."

교민들의 낯선 미국에서의 삶이 편하지만은 않았다.

타국살이에 지치고 힘들게 지내고 있는데 고국의 기업이 잘나간다는 소식은 교민들에게 커다란 힘으로 작용했다.

차준후가 미국 경제의 중심지인 뉴욕이 아닌 로스앤젤레스에 법인 설립을 추진하고 있는 주된 이유이기도 했다.

"미국에서 공장을 운영할 계획입니다."

"공장이라고요?"

"미국 시장에서 소비될 화장품들을 현지에서 조달하려고 합니다."

"규모가 엄청나겠는데요?"

대량 소비를 하는 미국 시장을 감당하기 위해서는 공장 규모가 커야만 한다.

"아주 작지는 않겠지만 처음부터 공장 규모가 크지 않을 겁니다. 바뀔 수도 있지만 400여 명을 고용할 생각입니다."

현재 한국 스카이 포레스트의 직원이 대략 400명 정도였다.

미국에도 한국과 비슷한 규모의 공장을 운영할 계획이었다.

사업은 급하게 하면 문제가 생기는 법이다.

벽돌집을 지을 때 벽돌을 한 장씩 쌓아 올리는 것처럼 기초를 쌓아야만 한다.

밀어붙인다고 해서 될 일이 아니다.

자금과 인력, 조직 체계, 협력 업체, 유통 등이 유기적으로 얽혀야만 공장이 제대로 돌아간다.

"400명도 적은 게 아니죠. 그리고 대한민국 사기업이 미국에서 화장품을 생산하겠다는 소식은 정말 대단한 기삿거리예요."

"현지 직원들을 채용함에 있어서 LA 한국일보에 광고를 내려고 합니다."

"우리 신문에요? 이런 말해서 조금 그렇기는 한데, 신문사의 광고 효과는 그다지 많지 않아요. 교민들을 제외하면 구독하는 미국인들이 적은 편이니까요."

"그래서 광고를 내보내는 겁니다."

"네?"

생각지도 못한 답변을 들은 김보배의 눈이 커졌다.

차준후는 한인 교민들에게 기회를 제공하고 싶었다.

미국에서 평범한 한인들이 좋은 일자리를 얻는다는 건 하늘의 별 따기나 마찬가지였다.

농장, 세탁소, 청소 등 미국인들이 꺼리는 힘들고 더러운 일들을 하고 있었다. 이런 일자리들마저 하고 싶어도 치열한 경쟁을 뚫어야만 했다.

일자리 환경도 열악하다.

쉬려고 해도 고용주의 눈치를 살펴야만 했다.

미국인들이 법적으로 보장된 휴가를 마음껏 쓸 때, 한인 교민들은 쉬지 못하고 일을 해야만 할 때도 많았다.

"정말요?"

"제 입으로 말해서 민망하기도 하지만 좋은 일자리이니까요."

"교민들을 생각해 주시는 사장님이시네요. 교민들을 대신해서 감사드린다는 말을 드릴게요."

김보배가 고개를 숙였다.

기자에게 잘 보이기 위해서 하는 말이 아니라는 걸 직감적으로 느꼈다.

잘나가는 천재 사업가가 미국의 작은 신문사 여기자에게 잘 보여야 하는 이유는 하나도 없었다.

어디까지나 순수하게 교민들을 배려하기 위한 방편이었다.

"고국에서 파견된 직원들과 말이 잘 통하면서 정서적으로 편한 교민들이 있으면 여러모로 좋은 점이 많습니다. 미국 생활에 서투른 파견 직원들이 배울 점들도 상당할 테고요."

미국 공장을 운영하는 데 있어서 초반에는 무조건 이것

저것 문제가 일어난다고 봐야 했다.

 문화적 차이로 인해 불협화음이 발생할 수밖에 없는데, 교민들은 그런 문제를 부드럽게 만들어 줄 수 있는 귀한 존재였다.

 미국 사무실에서 일하고 있는 해외무역부 직원들은 신나게 일하고 있지만 고생도 적지 않게 하고 있었다.

 입에 맞지 않는 음식이 대표적이었다.

 교민들이 김치와 된장 등을 종종 가져다주는데, 그때는 아주 포식하는 날이었다.

 "차준후 씨는 보통 사업가들과 생각하는 게 다르네요. 정말 별나게 생각하는 면이 있어요."

 칭찬이었다.

 김보배는 대화하면서 차준후를 대충 알 것 같았다.

 주변 환경을 따지지 않고 자신이 가고자 마음먹으면 묵묵히 나아가는 우직한 사내!

 같은 동포를 챙기는 따뜻한 마음씨를 가진 고운 심성의 남자!

 눈앞의 당당한 차준후가 앞으로 계속 잘나갈 것 같은 느낌을 받았다.

 "할 수 있으니까, 하는 겁니다. 다른 사업가들과 비교할 부분은 아닙니다."

 차준후는 주변 사정을 따지지 않아도 잘나간다.

다른 사업가들과 달리 자신이 주도적으로 움직이면서 주변을 통제한다.

"미국 공장의 직원들에게도 한국에서처럼 동종업계 최고의 대우를 해 줄 생각입니다."

"그 말을 들으니까, 신문 기자 자리를 버리고 취업지원서를 넣고 싶네요."

여기저기 돌아다니면서 험한 일도 겪어야만 했고, 신문기자 월급이 그렇게 많지 않았다.

"오실 겁니까? 오시면 홍보실에 배치해 드리죠."

"나중에 신문사에서 잘리면 갈게요."

그녀는 월급도 중요하지만 신문 기자가 좋았다.

지금처럼 영광스런 인터뷰도 하고.

세상을 떠들썩하게 만들 특종도 많이 터트려서 신문기자로서 명성을 날리고 싶었다.

"해고되는 그때를 위해 한 자리를 비워 놓겠습니다."

서로 가볍게 농담을 주고받는 인터뷰 분위기가 좋았다.

"든든한 일자리가 보장되어 있어서 좋네요. 그런데 대한민국에 위치한 스카이 포레스트에는 홍보실이 없지 않나요?"

"국내와 달리 언론 매체가 발달되어 있는 미국에서는 광고 기획과 실무를 맡아 줄 홍보실이 필요합니다. 광고에 기용되는 모델들을 꾸며 줄 미용과를 홍보실 안에 설립할 예정입니다."

"단순히 홍보만 할 줄 알았는데, 체계적이네요. 미용과라면 교민들에게 안성맞춤인 직종이기도 하겠네요. 미용실에서 일하고 있는 교민들도 많거든요."

김보배가 수첩에 차준후가 이야기하고 있는 내용들을 적어 나갔다.

"스카이 포레스트는 최고의 제품을 생산하는 만큼, 그에 맞춰 광고 역시 최고로 할 생각입니다."

스카이 포레스트의 제품을 완벽하게 홍보하기 위해서는 눈에 보이는 것들이 무척이나 중요했다.

특히, 아름다움을 판매하는 기업인 만큼 고객들을 현혹시키기 위해서 최선을 다해야 했다.

광고나 사진에 등장하는 모델들은 메이크업 아티스트, 헤어 스타일리스트, 패션 에디터, 사진사, 촬영감독, 광고감독 등 수많은 프로들이 오랜 시간 달라붙어서 만들어 내는 미학이었다.

최선을 다한 프로들이 광고 모델의 머리부터 발끝까지 다듬어 가면서 아름답게 조각한다고 생각하면 된다.

"앞으로 스카이 포레스트의 미국 시장 계획이 어떻게 되는지 알고 싶습니다."

"우선적으로 미국 전역에 광고를 도배할 생각입니다.

스카이 포레스트 화장품은 어느 회사에도 뒤지지 않는다고 자부하고 있지만 그걸 소비자에게 알리는 건 또 다른 문제이니까요. 화장품에서 가장 중요한 것 가운데 하나가 바로 마케팅입니다."

소비재 산업인 화장품은 광고의 의존율이 높다.

품질이 떨어진다고 해도 광고의 성공으로 인해 더욱 잘 팔리는 경우가 빈번하게 일어난다.

소비자들의 입장에서 수많은 화장품의 세세한 품질을 일일이 비교하는 건 어려웠고, 또 그 차이를 아는 것도 쉽지 않았다.

스카이 포레스트의 화장품 가운데 SF-NO.1 밀크와 쿠션 톡톡, 립스틱 캔디 등은 성능이나 디자인이 혁신적이었지만 다른 화장품들은 크게 뛰어나지 않았다.

쿠션 베이직이 세계 최고의 분백분이지만 프랑스 화장품인 코타분보다 혁신적이라고 말하기에는 무리가 있었다.

쿠션 톡톡이 없었다면 쿠션 베이직이 최고로 올라서기까지 상당히 많은 시간이 필요했을지도 몰랐다.

"화장품의 매출이 광고에 좌우되는 경향이 있다고 알고 있어요."

"매출은 광고 싸움에서 결판난다는 말이 업계에서 통용되고 있으니까요."

차준후는 미국에 선보일 광고에 심혈을 기울이고 있었다.

자금에 구애받지 않고 미국 광고계에서 가장 잘나간다고 하는 광고 제작 업체를 수소문했다.

광고를 자본주의의 꽃이라고들 한다.

과장의 측면이 다소 있지만 진실이기도 하다.

하루가 멀다고 브라운관에서 홍수처럼 광고들이 쏟아져 나온다.

최고의 기술과 감성들이 담고 있는 광고에는 엄청난 비용이 투입된다. 광고의 최전선에 바로 화장품 광고가 있다.

화장품 광고를 하느냐에 따라 톱스타 여부를 가늠할 정도였다.

가장 높은 톱스타 광고 계약금에 항상 화장품이 따라다닌다.

"저번에 CBC 미용 방송 프로그램을 보니 코엔이 무료로 광고에 출연하고 싶다고 밝혔어요. 그녀의 발언이 큰 화제가 됐었죠. 요즘 한창 인기를 끌고 있는 여배우 코엔을 광고에 기용하실 생각이 있나요?"

"저도 방송을 봤습니다. 무료 여부를 떠나서 안타깝게도 그녀는 제가 생각하고 있는 광고 이미지와 맞지 않습니다."

차준후는 코엔보다 조금 더 젊고 아름다우면서 신선한

모델을 찾고 있었다.

아름다워지고자 하는 여인의 마음을 자극할 수 있는 최고의 모델을 기용할 생각이었다.

"코엔이 무척 안타깝게 생각하겠네요."

"코엔 씨에겐 죄송하다고 말씀드리고 싶습니다. 그래도 스카이 포레스트의 화장품을 사랑해 주시는 만큼 기회가 된다면 꼭 한번 만나 뵙고 싶습니다."

코엔 덕분에 미국인들에게 스카이 포레스트가 더 알려지기도 했으니, 기회가 된다면 만나서 선물이라도 줄 생각이었다.

"최고를 고용해서 광고 공세를 펼칠 생각이시군요."

"화장품이 최고이니까, 모델도 최고여야 합니다."

인기 스타를 모델로 동원하는 광고 전략은 예나 지금이나 광고의 주류를 이룬다.

"텔레비전에서 스카이 포레스트의 광고를 볼 수 있게 되겠군요. 언제쯤 볼 수 있을까요?"

"지금 대한민국에서 수출한 화장품들이 태평양을 건너오고 있습니다. 화장품들이 미국에 풀릴 때를 기점으로 해서 광고를 내보낼 생각입니다. 대략 한 달 정도 남았습니다."

"광고를 만들고 내보내기까지 시간이 촉박하네요."

광고 제작에 대해서 어느 정도 알고 있는 김보배가 우

려를 나타냈다.

업체를 선정하고, 톱모델과의 계약을 마친 뒤에, 광고 컨셉 등을 정하기까지 산적한 일들이 많았다.

"시간을 단축할 수 마법의 열쇠를 가지고 있습니다. 자본주의 시장에서 돈은 마법을 부리는 게 가능하니까요."

차준후는 미국에 첫 번째로 내보낼 광고에 많은 재원을 쏟아부을 작정이었다.

30초의 미학을 자랑하는 광고!

짧은 시간 안에 사람들에게 상품을 알려야 하는 광고는 무척 어려운 작업을 동반한다.

아름다움을 표현하는 화장품 광고는 특히 제작이 까다로웠다.

많은 조명과 빛 반사 조정 세트, 카메라 각도와 연출 등을 통해 환상적이면서 아름다운 장면을 찍어야 한다.

30초 광고를 위해 한 달 넘게 촬영장에서 사람들이 고생하는 경우도 광고업계에서는 종종 일어난다.

"광고가 정말 기대되네요."

"기대하셔도 좋습니다."

미소를 머금은 차준후가 자신감을 드러냈다.

미래에서 수없이 보고 들은 화장품 광고 컨셉이 이번에 녹아들어 있다.

1960년대의 사람들이 시청하는 순간 전율을 느끼지 않을까 싶다.

물어보고 싶은 내용이 엄청난지 김보배의 질문은 끝이 없었다.

그러나 예정되어 있던 인터뷰 시간이 모두 끝났다.

"와! 벌써 시간이 이렇게 지났네요. 더 물어보고 싶은 내용이 많은데, 아쉽네요."

두 사람은 점심시간이 되기 전까지 이야기를 나누었다.

"밖으로 나가죠. 점심 식사라도 함께합시다."

"제가 근처에 아주 환상적으로 요리를 하는 이탈리아 식당을 알아요. 혹시 이탈리아 음식 좋아하시나요?"

"하하하, 기대되네요."

두 사람이 사무실을 나서서 10분 정도 걸어갔다.

환상적인 맛을 자랑하는 식당은 사람들로 북적거리고 있었다.

종업원이 3층의 자리로 두 사람을 안내했다.

쪼르륵!

차준후가 물병을 들어서 김보배의 잔에 따른 뒤에 자신의 잔에도 채웠다.

"고마워요. 그렇지 않아도 인터뷰를 오래 진행하면서 목이 말랐거든요."

"음료수라도 대접했어야 했는데, 접대가 소홀했네요."

"아니에요. 절대적으로 만족스런 접대였어요."

인터뷰를 통해 얻은 기삿거리가 엄청났다.

교민들의 흥분시킬 수 있는 내용들이 상당히 많았다.

먹지 않아도 배부를 정도였다.

지나치게 흥분했기에 인터뷰 내내 물도 한 잔 마시지 못했다.

"주문한 음식 나왔습니다. 맛있게 드세요."

피자와 봉골레 파스타 등의 음식들이 테이블 위에 올려졌다.

맛있는 냄새가 솔솔 풍겨 났다.

"여기 음식들이 진짜 맛있어요. 한국에서는 먹어 보기 힘들 텐데, 처음 먹어 보시는 건가요? 처음 먹어 보면 약간 이질적으로 느끼실 수도 있어요."

"……처음이지만 나름 익숙하게 느껴지네요. 피자와 파스타는 이탈리아를 대표하는 음식들 아닙니까? 맛있네요."

차준후가 1960년대에는 처음 먹는 거지만 그렇다고 경험이 없는 건 아니다.

많이 먹어 봤다.

발전한 대한민국에서 피자와 파스타는 아주 흔한 음식이었으니까.

식사 자리에서도 김보배는 틈틈이 질문을 던졌다.

차준후가 여유롭게 대답해 줬다.
"오늘 인터뷰와 점심 식사 정말 즐거웠어요. 좋은 기사로 보답할게요."
"기대하고 있겠습니다."
김보배가 만족스런 얼굴로 점심 식사를 마친 뒤에 돌아갔다.

* * *

「스카이 포레스트의 차준후 사장이 드디어 미국에 왔다.」
「대한민국 화장품 회사가 LA에 공장을 운영한다. 한인 교민에게도 기회를 제공하겠다고 천명!」
「동종업계 최고의 대우를 약속한 스카이 포레스트.」
「한국 화장품의 역사적인 미국 진출이 코앞에 다가왔다.」

인터뷰를 하고 간 이튿날부터 LA 한국일보에 스카이 포레스트에 대한 기사가 대대적으로 실렸다.
엄청난 소식을 접한 교민들은 상기된 표정으로 이야기를 나눴다.
"최고의 대우를 보장해 준다고 했어. 취직만 하면 미래가 보장된다는 소리야."

"이런 일자리는 지금껏 없었어. 있다고 해도 백인들만 차지했다고."

"고국에서 온 사업가가 같은 동포들을 챙겨 주는 거다."

"사업만 잘하는 줄 알았는데, 마음씨가 정말 비단처럼 곱네."

LA 한국일보의 기사가 엄청난 속도로 교민들 사이에서 퍼져 나갔다.

"반드시 취직할 거야."

"최선을 다하자."

스카이 포레스트 미국 공장의 일자리가 엄청난 기회라는 걸 알고 있는 한인 교민들이 저마다 의욕을 크게 불태웠다.

* * *

슬럼가와 빈민촌이 밀집해 있는 LA의 노숙인 거리.

도심의 화려한 초고층 빌딩들과 달리 가난한 사람들은 길거리에서 텐트를 치며 노숙하며 보내기도 한다.

할렘가에서 살아가는 건 대단히 위험한 일이다.

할렘가의 어두운 골목길 구석에 신발을 파는 초라한 가판이 있었다.

"저렴한 신발 있어요."

추운 날씨에도 불구하고 꾀죄죄한 얇은 옷만 걸친 검은 머리카락의 수척하고 야윈 소년이 물건들을 팔고 있었다.

"신발 수선합니다."

위험을 무릅쓰고 장사를 하고 있었지만 매상이 신통치 않았다.

그의 주변에는 신발수선용 재봉틀, 받침용 모로, 쇠망치 하나와 손님이 신발을 수선할 때 기다리면서 앉아 있을 몇 개의 의자 외에 못과 가죽 조각이 담긴 나무상자뿐이었다.

"매상 많이 올렸냐?"

팔뚝에 문신을 잔뜩 한 건장한 체격의 흑인이 안강모에게 물었다.

얼굴만 봐도 도망가고 싶을 정도로 인상이 무척 험했다.

"아니요."

"이번 주 상납하는 보호비 잊지는 않았겠지?"

"제가 여기에서 안전하게 장사하고 있는 걸 항상 잊지 않고 있어요."

안강모가 넉살 좋게 대꾸했다.

"구두나 닦아 봐라. 온 김에 매상이나 올려 주고 갈 테니까."

흑인이 가판대 위에 구두를 올려놓았다.

이른 새벽부터 밤늦게까지 열심히 일하고 있는 동양인 청년은 근성이 넘쳤다.

보호비를 내면서 단 한 번도 인상을 쓰지 않는다.

일본 옆에 붙은 나라에서 왔다고 했던가?

몇 번 들었는데 어느 나라인지 기억이 나지 않았다.

"반짝반짝하게 닦아드리죠."

안강모가 구두약을 바른 헝겊으로 구두를 닦기 시작했다.

굳은살 박인 안강모의 손이 시커멓게 변해 갈 때, 구두는 점점 깨끗해졌다.

"수고했다."

흑인이 1달러 지폐를 꺼내 건넸다.

"여기 잔돈이요."

"팁이다."

"너무 많은데요."

"열심히 일하는 모습이 보기 좋아서 주는 거야."

"감사합니다."

"뒷골목 슬럼가에서 오래 머물지 마. 여기에서는 고생만 죽도록 많이 하고, 돈을 적게 버니까. 힘들겠지만 밝은 곳에서 할 수 있는 일을 찾아."

흑인은 안강모가 굳건한 의지로 가난을 이겨내기를 바랐다.

그 또한 어렸을 때 밝은 곳에서 일하고 싶어서 열심히 노력했지만 결국 슬럼가에 남고 말았다. 그리고 지금은 갱단에 소속되어서 험한 일을 하고 있었다.

슬럼가는 밝은 강한 의지가 있다고 해서 버틸 수 있는 곳이 아니었다.

갱단에 소속되어 있는 흑인이 나름 친절한 조언을 해 주고 떠나갔다.

"고맙습니다."

안강모가 멀어져 가는 흑인에게 허리를 숙였다.

방금 전까지 밝게 웃고 있던 얼굴에서 웃음기가 사라졌다.

흑인이 해 준 조언이 마음에 와닿았다.

그러나 원한다고 해서 좋은 일자리를 찾는 게 쉬운 일이 아니었다.

"저도 좋은 일자리를 찾고 싶죠. 하지만 그런 곳들은 하나같이 백인들을 고용하더라고요."

씁쓸했다.

아메리카 드림은 일제강점기 시절 팔려 와 하와이 사탕수수밭에서 일하던 부모님 밑에서 태어난 한국계 재미교포 2세에게 해당되지 않았다.

제8장.

공장 인수

공장 인수

 안강모의 부모님은 이민이란 딱지를 달고 사탕수수 농장으로 팔려 왔다.
 그러나 미국에서 동양인이 할 수 있는 일자리는 제한적이었다.
 백인들이 일하기 싫어하는 농장이나 세탁소, 구두닦이 등 힘들면서 돈 안 되는 고된 일자리들만 동양인들에게 문을 열어 줬다.
 재미교포들의 미국 생활은 고달팠다.
 희망을 잃지 않고 밝은 미래를 생각하며 노력하고 있지만 현실은 시궁창이었다.
 슥! 슥!
 신문지로 손에 묻은 구두약을 닦아 냈다.

구두를 닦다 보면 사용할 때가 많기에 구독하고 있는 지인들에게 신문을 받아오고 있었다.

"요즘 한국에서 온 화장품 회사에 대한 기사가 많이 실리네."

LA 한국일보 일면에는 미소를 머금고 있는 차준후가 대문짝만하게 나와 있었다.

그 밑으로 스카이 포레스트에 대한 기사가 실려 있었다.

"이 젊은 사장은 나와는 전혀 다른 길을 걷고 있구나."

스카이 포레스트가 LA에 자리를 잡았고, TV에서도 종종 나왔다고 들었다.

집에 TV도 없었고, 아침부터 밤늦게까지 일하느라 직접 볼 시간은 더욱 없었다.

이렇게 손님이 없는 한가한 시간에 신문을 보면서 시간을 보내고는 했다.

"응? 교민들에게 기회를 제공한다고? 동종업계 최고 대우?"

부러운 마음에 기사를 읽던 그의 눈이 커졌다.

기술이나 학업 수준 등을 따지지 않고 최고의 대우를 해 준다는 사실에 어리둥절했다.

화장품 공장 생산에 투입되는 근로자들에게 많은 보수를 지급한다는 게 말이 되는 건가?

상식적으로 이해가 되지 않았다.

기사 내용을 꼼꼼하게 읽어 가는 그의 눈길이 점점 뜨거워져 갔다.

알고 보니 대한민국 생산 공장에서 이미 시행하고 있는 정책이었다.

고부가 가치의 화장품이 불티나게 팔리고 있었고, 그 이익을 사장이 홀로 독식하지 않고 직원들에게 충분히 돌려주고 있다고 기사에 나와 있었다.

"근로자를 쥐어짜지 않고 따뜻하게 보듬어 안는 사장님도 있는 거구나."

어느새 사장이라는 단어 뒤에 님자가 붙었다.

안강모의 마음속에 차준후의 위치가 크게 격상됐다.

존중할 가치가 있는 사내였다.

잔뜩 구겨져 있는 신문을 정성스럽게 펴기 시작했고, 한쪽에 고이 간직하였다.

"지원해 봐야지."

될지 안 될지 모르겠지만 도전해야 한다는 걸 알았다.

어리고 못 배웠으니 아마도 떨어진 확률이 높겠지.

어쨌건, 취직하면 좋겠다는 생각을 가지기는 했다.

된다면 그야말로 집안의 경사였고, 뒷골목 슬럼가를 탈출할 수 있게 된다.

"저렴한 신발 있습니다. 구두 닦아드려요."

지나가는 사람들에게 호객행위를 하는 그의 목소리가

갑자기 밝아졌다.

퇴근 시간이 되어 가자 슬럼가 뒷골목을 지나다니는 사람들의 숫자가 많아졌다.

어둡고 힘들었지만 아직까지 세상은 따뜻한 구석이 조금은 있었다.

* * *

12월의 어느 날, 스카이 포레스트 미국 법인 설립에 대한 인허가 절차가 끝나고 현판을 거는 날이 마침내 다가왔다.

법인 설립에 대한 기사가 LA 한국일보에 실린 탓인지 한인 교민들이 이른 아침부터 산타모니카 건물 앞에 잔뜩 모여들었다.

많은 한인 교민들로 인근이 붐비자, 누가 신고를 했는지 지역 경찰까지 출동하는 소동이 벌어졌다.

이에 사무실 직원들이 나서서 지속적으로 몰려드는 사람들을 관리해야만 했다.

"자! 인도를 완전히 막으면 곤란합니다. 임시로 설치한 천막이 있는 공터에 자리를 잡으세요."

"어르신들! 천막은 해변 쪽에도 있으니까, 분산하셔야 합니다. 제가 편안하게 있을 수 있는 장소로 안내해 드리겠습니다."

시당국의 허락을 받은 스카이 포레스트에서는 해변과 공터에 임시로 천막을 세워서 사람들이 머물 공간을 마련했다.

"천막 안 테이블에는 먹을 수 있는 음료와 다과들이 준비되어 있습니다."

"마음껏 드세요."

이런 일은 스카이 포레스트 직원들이라면 나름 익숙했기에 능숙하게 대처했다.

천막을 잔뜩 설치해 두었지만, 몰려드는 교민들의 숫자가 엄청났다.

지속적으로 계속 교민들이 몰려오는 통에 천막에 들어가지 못하는 사람들도 생겨났다.

교민들은 천막 안의 그늘지면서 편안한 자리를 서로 양보해 주며 배려하였다.

간혹 시비가 벌어지기도 했지만, 스카이 포레스트 직원들이 바쁘게 돌아다니면서 빠르게 해결했다.

축제였다.

이렇게 많은 한인 교민들이 모이는 건 처음 있는 일이었다.

한 번도 못 본 사람들끼리 웃으면서 인사했고, 즐겁게 스카이 포레스트에 대한 이야기를 나눴다.

"로스앤젤레스에서 가장 번화한 쇼핑 타운에 법인을 설립했어. 역시 잘나가는 기업은 법인이 설립되는 위치부터 남다르다."

"한국에서 가장 잘나가는 기업이잖아. 스카이라는 이름을 달고 있듯이 이제는 미국에서도 하늘 높이 비상할 거야."

"그랬으면 좋겠다. 아니, 반드시 그렇게 될 거야. 내가 그렇게 될 때까지 한 손 거들 테니까. 이제부터 평생 스카이 포레스트 화장품만 사용할 거야."

"교민이라면 스카이 포레스트가 잘되기를 바라야지. 교민들을 위해 주는 이런 기업도 없어. 공장 직원들을 교민들 위주로 뽑는다고 하잖아."

"나는 취직을 하지 않아도 괜찮아. 이처럼 우리를 생각해 주는 성공한 사업가가 있다는 사실만으로 충분히 감동받았어."

"드디어 간판이 올라가고 있다."

줄에 걸린 현판이 천천히 4층 위로 올라가고 있었다.

대한민국 용산 후암동에 걸린 채널 간판이 산타모니카 해변의 4층 건물에 고정됐다.

수많은 간판들 중에서도 눈에 확 띌 정도로 예술적으로 아름다운 간판이었다.

간판이 산타모니카 해변에서 아름다움을 뽐냈다.

전영식의 실력이 듬뿍 녹아들어 있는 간판은 미친 듯이 인상적이었다.

"흐윽! 흑! 괜히 눈물이 난다."

"이렇게 좋은 날 왜 울고 그러니?"

"네 눈에서도 눈물이 흐르고 있어."

"너무 좋아서 나는 눈물이야."

그 광경을 보면서 울고 있는 여인들도 간간이 눈에 띄었다.

교민들은 이역만리 타국에서 받은 설움을 스카이 포레스트 미국 법인 현판식에서 일부 씻어 보내고 있었다.

"축하해요. 사장님."

티에리가 차준후에게 축하 인사를 건넸다.

"감사합니다. 많은 분들이 도와준 덕분에 법인 설립이 이뤄졌습니다."

"사장님이 로스앤젤레스에 법인을 설립한 이유가 있었네요. 교민들의 뜨거운 관심과 사랑이 엄청난 모습이에요."

그녀는 눈물을 흘리며 감동하는 한인 교민들의 모습에 충격을 받았다.

그저 같은 동포의 사무실 현판을 거는데 감동한다고?

말도 안 된다고 생각됐다.

한인 교민들은 그저 현판식을 축하해 주러 왔을 뿐이다.

그런데 실제로 우는 사람을 보고 있으니 전율이 올라왔다.

울고 있는 사람들의 마음이 전해진 탓에 괜히 숙연해졌다.

"만세! 만세! 만세!"

너무 좋은 나머지 두 팔을 하늘 높이 치켜올리고 만세 삼창을 하는 사람들도 보였다.

만세 소리가 점점 커졌다.

지나가던 수많은 미국인들이 놀라서 멈춘 채 바라볼 정도였다.

"교민들의 사랑과 관심에 착실한 성장으로 보답할 생각입니다."

차준후도 울컥했다.

간신히 올라오는 감정을 추스르고 있었다.

얼마나 어렵고 힘든 삶을 보내고 있으면 현판식에서 울고 있을까?

모든 교민들을 감당할 수는 없다.

그렇지만 미국에서 교민들의 처우가 좋아질 수 있도록 힘을 쏟을 생각이었다.

"로스앤젤레스 외곽에 괜찮은 공장이 나왔어요."

차준후는 미국 현지 공장을 알아보고 있었다.

지금까지 대여섯 군데의 공장들에 대한 소개가 있었는데, 대부분 작은 규모의 공장들이었다. 시설과 장비가 노후화되어 있어 마음에 들지 않았다.

"규모가 어떻게 되나요?"

"대지 23,000제곱미터이고, 건물은 6,500제곱미터가 조금 넘어요."

대지 칠천 평, 건평 이천 평으로 지금껏 소개받았던 공장 가운데 가장 규모가 컸다.

예상했던 공장보다 컸지만 마음에 들었다.

나날이 발전할 미래를 생각하면 클수록 좋았으니까.

"괜찮네요."

"얼마 전까지 화장품을 생산하던 제조 공장이에요."

그녀가 공장 시설 관련 서류와 설계도, 위치 등 공장에 관한 자료를 건네줬다.

"가서 살펴봐야겠지만 설치된 시설이 괜찮아 보이는군요. 공장과 연결된 왕복 팔 차선 도로도 좋고, 무엇보다 증류탑이 있어서 마음에 듭니다."

"멀지 않은 곳에 고속도로가 있어서 위치적으로도 좋은 편이죠."

소개받은 공장을 현장 답사하는 일은 직원들이 맡고 있었다.

자료를 살피던 차준후는 왠지 모르게 자료를 보면서 여러 조건이 좋다는 걸 느꼈다.

여태껏 봐 왔던 공장들에 비해 다소 비싸기는 했지만,

금액은 크게 문제가 되지 않았다.

시간 절약과 함께 생산 라인에 대한 선투자라고 생각한다면 오히려 이득으로 이어진다.

미국 현지 생산이 빨라지면 그만큼 스카이 포레스트 화장품의 경쟁력이 높아진다.

"현판식이 끝나면 한 번 가 봐야겠네요."

"직접 가시게요?"

"네. 이번에는 느낌이 좋네요."

"그럼 제가 모실게요."

"바쁘시지 않나요?"

"오늘 하루는 여유가 있어요."

그녀는 현판식 참석을 비롯해서 차준후와 상의할 일들이 있어서 하루를 통으로 비워뒀다.

"부탁드릴게요."

"안전하게 모실게요."

티에리가 배시시 웃었다.

스카이 포레스트 미국 법인 현판식이 오전부터 점심시간까지 성대하게 이어졌다.

* * *

로스앤젤레스 외곽의 왕복 8차선 도로에는 양쪽으로

공장들이 즐비하게 서 있었고, 굴뚝에서 하얀 연기가 뭉클뭉클 쏟아져 나오고 있었다.

호황기에 접어든 미국 경제의 제조업 공장들이 바쁘게 움직였다.

"도착했어요."

"건물은 생각보다 낡아 보이네요."

붉은색 차량이 매각 공장 앞에서 멈추고, 그 안에서 두 사람이 내렸다.

"안녕하세요. 공장 매각을 진행하고 있는 관리 중개사 에드워드 애버트입니다. 샐로나 부동산 중개회사의 대표로 있습니다."

검은 정장 위에 가벼운 외투를 걸친 중년의 신사가 두 사람을 맞이했다.

관리 중개사는 중개사들 가운데 가장 급이 높았는데, 공장의 매각 금액이 크다 보니 일반 중개사들이 아닌 대표가 직접 나온 듯했다.

"오랜만이네요, 대표님."

"잘 지냈나요?"

"걱정해 준 덕분에 요즘 숨 돌릴 틈도 없이 바쁘게 지내고 있어요."

"아버지인 해리가 기뻐하겠네요."

친분이 깊은 에드워드와 티에리가 가볍게 인사말을 주

고받았다.

"이쪽이 공장을 살피러 오신 분이에요."

"반갑습니다. 스카이 포레스트의 차준후입니다."

"유명한 분을 뵙게 되어 기분이 좋네요. 공장을 살펴보러 들어가실까요?"

에드워드가 티에리를 바쁘게 돌아다니게 만든 차준후를 알아봤다.

변호사, 중개회사, 은행, 감정평가사 등의 전문가들이 개입하는 미국 부동산 거래 과정은 상당히 복잡하다.

관리 중개사는 이런 과정에 깊숙하게 관여하게 되기 때문에 부동산 구매자에 대해 어느 정도 알고 있어야만 한다.

무턱대고 부동산만 팔아치우려다 문제가 발생하면 중개사는 큰 책임을 지게 될 수도 있었다.

에드워드는 이번 공장 매각에 있어 차준후가 참으로 적격인 인물이라고 받아들였기에 직접 현장에 나온 것이었다.

"건물이 다소 낡아 보이는 건 사실입니다만 내부의 시설들은 지금도 관리를 하고 있습니다."

"직원들이 남아 있는 겁니까?"

"공장은 돌아가지 않지만 사무실에 몇 명의 기술자들이 남아 있습니다. 언제든지 다시 사용할 수 있게 관리하였기에 상태가 좋습니다. 안으로 들어가서 살펴보시죠."

에드워드가 차준후와 티에리를 안내했다.

1960년대 들어 세계 패권을 움켜잡고서 호황기로 접어든 미국의 화장품 업계는 기술과 시설 등에서 비약적인 발전을 거듭하고 있었다.

그 와중에 치열한 경쟁으로 인해 문을 닫는 화장품 업계의 중소회사들이 늘어났다.

차준후가 방문해서 둘러보고 있는 공장이 바로 경쟁에서 밀려난 경우였다.

세 사람이 건물 내부로 들어서자 한쪽에서 시설을 정비하고 있던 2명의 기술자가 나지막이 이야기를 나눴다.

"아시아인이다. 잘 보이려면 머리를 숙여야 해."

"왜 머리를 숙이는데?"

"닥치고 그냥 따라서 해. 우리 집 옆에 젊은 한국인이 사는데, 매일 고개 숙여서 인사하더라고. 아시아의 문화라고 했어. 어른이나 높은 사람에게 고개 숙이면 그렇게 좋아한다고 하더라."

"알았어."

기술자들은 공장을 검은 머리 아시아인이 구매하러 왔다는 분위기를 단번에 알아챘다.

꾸벅!

그들이 차준후에게 고개 숙여 인사했다.

공장을 정비하고 있는 그들의 운명은 새로 오는 공장 주인에게 달려 있었다.

만약 새 공장 주인이 그들을 받아들여 주지 않는다면 졸지에 실업자 신세로 전락하기에 처음 보는 차준후에게 정중하게 인사한 것이다.

차준후도 가볍게 고개를 숙여 인사했다.

"컨베이어 벨트를 타고 움직이는 생산 제조 라인은 좋아 보이는군요."

지속적으로 관리한 탓에 녹이 슬어 있는 부분이 보이지 않았다. 장시간 멈춰 있었으면 먼지가 많이 쌓여 있을 텐데, 그런 부분 없이 깨끗했다.

"며칠에 한 번씩 가동하면서 제대로 움직이는지 확인한다고 들었습니다."

"제조 시설을 살펴봤으면 합니다."

차준후는 가장 중요한 부분을 구경하고 싶었다.

건네받았던 서류로 보면 국내에 있는 제조 설비보다 좋은 장비들도 있었다.

단순한 물건만 제조 가능한 용산동 제조 설비와 달리 이곳에 있는 시설 장비로는 고분자 화합물까지 만드는 게 가능했다.

공장 규모도 마음에 들었지만, 고분자 화합물 시설 장비들이 있었기에 직접 로스앤젤레스 외곽까지 차를 타고 달려온 것이었다.

세 사람이 제조실로 향했다.

도착한 제조실 위에는 관계자 외 출입 금지라는 붉은 문구가 선명했다.

평소라면 굳게 닫혀 있었겠지만, 구매자가 왔기에 오늘은 활짝 열려 있었다.

"연속식 증류탑이군요."

"오! 알아보시는 겁니까? 이게 연속식인지 알아보는 구매자는 처음입니다. 보통은 그냥 두 개의 개별적인 증류탑이라고 생각하시더군요."

"증류탑들을 연결하고 있는 관들을 보면 연속식이라는 걸 모를 수가 없지요."

차준후의 말처럼 1층부터 3층까지 달하는 높이까지 이어져 있는 두 개의 증류탑에는 스테인리스로 만들어진 배관들이 연결되어 있었다.

연속식 증류탑은 뱃치식 증류탑에 비해 대량 생산이 가능하며, 생산 비용은 더 저렴하다. 다만 구조가 복잡해서 설치비가 많이 들어간다는 단점이 있다.

"연속식이지만 한 개의 증류탑만 개별적으로 운용도 가능합니다."

"좋네요."

증류탑을 보면서 차준후가 자신도 모르게 감탄했다.

그동안 낙후된 시설 장비들로 인해 머릿속에 있는 지식들을 제대로 활용하지 못했다.

눈앞의 연속식 증류탑을 보자 만들 수 있는 고분자화합물 계통의 수많은 화장품들이 떠올랐다.

미국의 망해 버린 화장품 공장은 대한민국 최고의 공장보다 시설 수준이 높았다.

이런 시설을 가지고도 망해 버리다니, 경쟁이 치열한 미국다웠다.

"가동해 볼 수 있습니까?"

"그건 기술자들에게 물어봐야 하겠군요."

애드워드가 제조실 밖으로 나가 아까 보았던 2명의 기술자들을 데리고 돌아왔다.

"안녕하십니까? 조라고 불러 주십시오."

"뱅상입니다."

기술자들이 깍듯이 허리를 숙여 왔.

"증류탑을 운전해 보고 싶다고 들었습니다. 지금 가동을 시키면 되겠습니까?"

"부탁합니다."

우우우웅! 우우우웅!

전원을 넣자 거대한 증류탑들이 열기를 뿜어내기 시작했다.

서늘하던 제조실의 온도가 빠른 속도로 올라갔다.

기술자들이 빠르게 움직이면서 익숙한 손놀림으로 증류탑이 정상적으로 움직이도록 조작했다.

수직으로 쌓은 증발기가 보일러로 뜨거워졌고, 응축기 역시 정상 작동하는 소리를 내고 있었다.

증류기 안에 원재료를 넣었으면 관을 통해 기화된 기체가 상층부로 올라가고, 응축된 액체는 흘러내렸으리라!

"증류탑의 전체 단수는 칠단입니까?"

"네, 맞습니다."

"정제부 운전선과 증발부 운전선이 교차되는 사단이 주입단이겠군요. 주입단의 움직임을 세밀하게 조작하는 모습은 무척 인상적이었습니다."

주입단에서 얼마만큼 나뉘어져 위로 올라가거나 아래로 내려가는가에 따라 정제부와 증발부 흐름이 유기적으로 연결된다.

복잡하고 어려운 전문적인 내용에 티에리와 에드워드는 그저 멍하니 구경만 하고 있을 뿐이었다.

"맞습니다. 그냥 나둬도 제대로 작동하지만 세밀하게 조작을 해 주면 효율이 올라갑니다."

"칠 년 넘게 해 오던 일이라 익숙합니다."

기술자들이 공손하게 대답했다.

그냥 공장만 구매하러 온 젊고 돈 많은 사내라고 생각했는데, 말하는 내용이 심상치 않았다. 어지간한 전문 기술자가 아니면 알아들을 수 없는 내용이었다.

"공장 증류탑 관리와 운용에 있어 최적의 기술자들이군요."

차준후가 두 사람을 높이 평가했다.

증류탑을 관리하고 운용하려면 많은 걸 따져 봐야 한다.

증류탑의 성능을 제대로 끌어내려면 세밀한 조작을 해야 하고, 이 조작에 숙달하려면 어느 정도 숙련하는 기간이 필요했다.

증류탑을 체계적으로 관리하면서 가동시킬 수 있는 기술자들은 귀한 인재였다.

"현재 소속이 어떻게 됩니까?"

"없습니다."

"해고된 이후로 단순 계약 상태로 공장이 매각되기 전까지 관리하고 있는 겁니다."

두 기술자들은 언제 일자리를 잃어버릴지 모르는 위태로운 상태였다.

"그래요? 공장을 매입하려고 합니다. 같이 일할 생각이 있으십니까?"

호박이 넝쿨째 들어온 느낌인 차준후가 곧바로 제안했다.

"물론이지요."

"열심히 일하겠습니다, 사장님."

두 사람이 넙죽 고개를 숙였다.

지금 상황이 왠지 낯설지 않은 차준후였다.

'아! 용산 후암동 공장을 매입했을 때와 비슷하구나.'

그때도 공장 매입과 함께 최우덕과 감홍식 두 사람을 직접 고용했었다.

미국에 와서도 아주 유사한 경험을 하고 있었다.

"미국 공장을 얻은 걸 축하해요."

지켜보고 있던 티에리가 축하 인사를 건넸다.

"매입 결정을 내려 주셔서 감사합니다, 고객님."

팔리지 않고 있던 대형 부동산 매물을 팔아치우게 된 애드워드가 기쁜 기색을 숨기지 못하고 있었다.

그도 그럴 것이 미국 부동산 중개사의 수수료는 무려 4% 전후에 이를 정도로 엄청났으니까.

보통 미국의 중개수수료는 파는 사람 쪽에서 부담하는 게 원칙이었다.

* * *

미국 운전 면허를 취득한 차준후가 직접 운전대를 잡고 캘리포니아에 있는 공장과 판매점들을 답사하고 다녔다.

보고 배울 점들이 많았다.

화장품을 만드는 데 있어서는 세계 최고의 품질을 자신

할 수 있는 차준후였다.

하지만 화장품의 판매에 큰 영향을 끼치는 부자재의 생산은 여전히 미흡했다.

SF유리를 설립해서 급한 불을 끄기는 했지만, 협력 업체들의 영세함과 부족한 기술력 때문에 세계 최고라고 하기에는 부족한 면이 나타났다.

화장품은 주변 산업의 영향을 강하게 받는다.

종합적으로 국가의 산업이 발전하지 않으면 제약이 심하다.

최빈국 대한민국은 제조업의 불모지나 마찬가지이다.

이런 불모지에서 입이 떡 벌어지게 만드는 혁신적인 화장품이 연달아 나오고 있으니 차준후를 사람들이 천재로 인식하는 것이었다.

어쨌든, 대표적인 예로 성형 플라스틱에서 납품하고 있는 화장품 뚜껑은 여전히 차준후의 마음을 흡족하게 만들지 못했다.

공영사에서 납품받고 있는 인쇄물의 품질도 세계 최고라고 말하기에는 부족한 게 사실이었다.

세계적인 화장품 업체와 경쟁해야 하는 차준호로서는 협력업체의 부족한 설비와 기술을 마냥 손 놓고 기다릴 수만은 없었다.

미국으로 오기 전에 만나 본 두 곳의 협력업체 사장님

들은 적극적으로 협조하겠다는 의사를 피력했다.

차준후가 직접 문제 해결을 위해 미국에서 움직였다.

"성능 좋은 최신 컬러 윤전기가 있습니까?"

국내 인쇄물의 대부분은 흑백이었다.

흑백 인쇄물은 화장품의 매력을 제대로 보여 주지 못한다.

공영사를 비롯해서 몇 곳의 인쇄소들이 컬러 인쇄기를 가지고 있지만 색의 구현에 부족한 구형들이었다.

구형 인쇄기로 화장품 포스터를 만들면 부족한 부분이 확연하게 드러났다.

언론 매체가 발달하지 않은 1960년대에는 포스터가 화장품을 알리는 중요한 수단이었다.

신문사에 컬러 윤전기가 도입되는 것이 1980년대이니, 차준후가 얼마나 시대를 앞서 나가려 노력하고 있는지 알 수 있었다.

"가장 최근에 나온 컬러 윤전기가 있습니다."

"색분해 과정은 쉽습니까?"

"이야! 전문가이시네요. 최신 인쇄기이지만 여전히 색분해 과정은 까다롭고 어렵습니다. 제대로 컬러를 만들어 내려면 숙련된 기술이 필요하지요."

"인쇄기를 구입하면 기술 지도가 가능합니까?"

"음! 구매하신다면 숙련될 때까지 기술자를 굴려 드리지요."

최신기술이 듬뿍 들어간 윤전기는 무척 고가였다.

한 대라도 더 팔기 위해서 업체에서는 노력하고 있었고, 그에 관련된 노력의 일환으로 윤전기를 숙련되게 사용할 수 있도록 기술자들을 교육시켰다.

이런 교육 과정 비용은 윤전기 가격에 모두 포함되어 있었다.

"알겠습니다. 기술자를 파견할 수 있도록 이야기하겠습니다. 기술자가 미국에 도착하면 그때 인쇄기 구매에 대한 나머지 이야기를 나눠 봅시다."

차준후가 공영사에서 사용할 윤전기 선택을 마쳤다.

이제 공영사에 기술자를 보내라고 연락하면 된다.

"기다리겠습니다."

판매원이 밖에까지 따라 나와 차준후를 정중하게 배웅했다.

"이 플라스틱 사출기는 금박이 찍힌다고요?"

"그렇습니다. 기존에 제품들은 금박이 불가능했는데, 저희 업체에서 새롭게 출시한 사출기는 가능합니다."

"생산 효율은 어떻습니까?"

"금박을 찍으면서도 자사 제품 기준으로 기존보다 17% 향상되었습니다."

"가격은 어떻게 됩니까?"

"가격은 이렇습니다."

점원이 계산기에 가격을 찍어서 보여 줬다.

최신 기술이 들어간 사출기답게 가격이 높았지만 그만한 가치가 있는 기계였다.

금박을 찍은 플라스틱 뚜껑은 충분히 고급스러워 보이니까.

"구매 대수를 늘리면 가격 할인은 됩니까?"

"물론 가능합니다. 고객님. 몇 대나 구매하시렵니까?"

"네 대 정도 생각하고 있습니다."

"고객님, 안쪽 귀빈실에 들어가서 이야기하시죠."

새로운 기술이 들어간 고가의 플라스틱 신형 사출기를 하루에 한 대 팔기도 어려웠다.

점원이 단번에 네 대를 구매하겠다는 손님의 등장을 반길 수밖에 없었다.

한 대만 팔아도 판매 수당이 한 달 월급보다 많았다.

네 대면 그야말로 호박이 넝쿨째 굴러들어 온 셈이었다.

"사출기를 설치할 장소가 대한민국입니다."

"네? 설치 장소가 미국이 아니었군요. 그런데 대한민국이 어디에 있는 나라입니까?"

"중국과 일본 사이에 있습니다."

"아! 전쟁이 있었던 나라이군요."

미국인들의 머릿속에 대한민국은 공산주의자들과 전쟁

을 벌였던 나라로 기억되고 있었다.

"죄송하지만 해외에 설치하려면 업체에 문의해 봐야 합니다."

해외 판매는 처음인 점원이었다.

판매 가격에 설치 비용이 포함되어 있지만 해외의 경우라면 어떻게 될지 몰랐다.

"해외 설치 비용은 별도로 지불하겠다고 말해 주세요."

"그럼 이야기가 달라집니다. 무조건 설치가 가능하도록 만들겠습니다."

"사출기 운전에 대한 교육과 정비에 대해 교육이 가능하겠습니까?"

최신 기술이 들어간 신형 장비일수록 고장 날 가능성이 높았다.

토니 크로스

 영세업체의 입장에서 고가의 해외수입 장비를 운용하지 못하고 놀리면 그 손해가 막심하다.
 미국에서 엔지니어가 날아와서 수리해 주기까지 몇 달이 걸릴지 모르는 일이었다.
 게다가 수리 비용도 비쌌다.
 그래서 업체들은 간단한 고장 정도는 직접 고칠 수 있는 기술을 확보하고 있어야 했다.
 "……알아보겠습니다. 확답을 드리지 못해서 죄송합니다."
 "좋은 답변 기다리겠습니다."
 차준후가 미국에서 새롭게 장만한 명함을 건네주고 돌아왔다.

자신들이 얻을 수 있는 이익이 줄어들고 기술이 다른 곳으로 흘러갈 위험이 있기에 정비 교육을 민감하게 여기는 기업들이 있었다.

안 된다고 하면 다른 사출기 업체를 찾아보면 된다.

제조업이 발달한 미국답게 플라스틱 사출기 업체들이 상당히 많았으니까.

바쁘게 돌아다니며 많은 일들을 빠르게 처리해 나가면서도 차준후는 오후 6시가 되면 칼처럼 퇴근했다.

"좋구나."

사무실 아래, 1층 커피숍에서 구매한 아이스커피 한 잔을 들고서 그냥 걸었다.

대로변을 벗어나자 해변 산책로가 나왔다.

지중해성 기후를 지녀 일 년 내내 온화하면서 맑은 날씨를 자랑하는 산타모니카 해변은 많은 사람들로 붐볐다.

미국인들에게 사랑받는 매력적인 관광지였다.

산타모니카 해변의 길게 뻗은 베니스 비치를 거닐면서 쇼핑 거리와 사람들, 아름다운 경치 등을 감상하는 건 색다른 재미를 선사해 줬다.

시간이 흘러 서쪽 하늘에 황혼이 지고 있었다.

점점 붉게 물들어 가는 하늘 아래에서 차준후가 산책하는 마음으로 해변의 모래사장이 주는 감촉을 느끼면서 천천히 걸었다.

낙후된 한국과 달리 미국은 구경할 거리가 많았다.

자유로운 분위기 속에서 허벅지를 훤히 드러낸 짧은 치마를 입은 여인들이 웃으며 돌아다녔고, 하늘 높이 치솟은 깔끔한 건물들이 즐비했다.

문 앞에 서자 자동으로 열리는 자동문 등 최신 시설이 도처에 구비되어 있었다.

일상에 자유로우면서 풍요로운 생활이 녹아들어 있었다.

지이잉!

자동으로 문이 열렸다.

아주 흔하게 접하던 시설이었지만 낙후된 한국에서 깨어나고 난 뒤 차준후가 단 한 번도 경험해 보지 못한 것이었다.

'얼마나 지나야 이런 문화를 누릴 수 있을까?'

로스앤젤레스의 해변을 돌아다니는 차준후는 지금껏 고민해 보지 못한 영역에 대해 고민했다.

문화?

살아오기 바빠서 문화를 살피거나 깊게 고민할 여유가 없었다.

그런데 있던 걸 못 이용하니 자연스럽게 문화에 대해서 고민하게 됐다.

든 자리는 몰라도 난 자리는 안다고 했던가.

공기처럼 있는지 없는지 생각하지 않고 편안하게 누리던 문화의 존재가 미국에 와서 차준후에게 강렬하게 다가왔다.

외국에 나와 보니 눈이 새롭게 뜨인 느낌이었다.

무슨 일을 할지, 어떻게 조국의 경제를 부흥시킬지에 대한 길이 어렴풋이 보였다.

최빈국인 조국의 현실과 최고 부유한 국가의 차이를 온몸으로 보고 느끼면서 개선할 수 있는 방법들을 생각했다.

'미국의 선진 문화와 기술 등을 습득해서 조국 발전의 바탕이 되도록 해야겠구나.'

외국에 나오면 누구나 애국자가 된다더니, 차준후가 사업가로서 해야 할 일이 참으로 많다고 느꼈다.

발달한 미국 사회를 돌아다니면서 자신과 스카이 포레스트가 나아갈 길을 찾았다.

여유로운 일상 속에서도 사업가적인 기질이 나타나고 있었다.

아기자기하게 꾸며진 작은 서점 안에 들어가서 마음에 드는 책을 구매하기도 했고, 미술관이 있기에 관람료를 내고 들어가서 작품들을 만나 보는 시간을 가져 봤다.

클래식 음악이 잔잔하게 흐르고 있는 미술관을 방문해서 시간을 보내고 있으니 생각나는 바가 많았다.

어렵고 힘든 과거 시절 미술관이나 박물관 등을 방문하여 방황하는 마음을 달래 주고는 했다.

문학과 그림에 열을 올렸던 적이 있었고, 소질은 모자랐지만, 음악에 빠져서 시간을 보내기도 했었다.

관람하던 차준후의 발걸음이 수많은 나비들이 그려져 있는 작품 앞에서 멈췄다.

"이건……."

그림에 대한 기억이 그의 기억에 남아 있었다.

소더비 경매에서 중동의 어느 국가 왕족이 고가로 낙찰받았다는 소문이 돌았던 훌륭한 작품이었다.

눈 덮인 설산의 푸른 하늘을 형형색색의 나비들이 춤추며 날아다니고 있었다.

"나비의 환희라는 작품입니다. 신인이 그렸다고 보기에는 믿기 힘들 정도로 대단한 작품이죠."

옆으로 다가온 여성 큐레이터가 작품 설명과 함께 신진 예술가들을 대상으로 한 현대미술전을 펼치고 있다고 친절하게 설명해 줬다.

그녀는 차준후의 행동에서 그림에 대한 호기심을 잡아낸 것이다.

"혹시 작품을 구매할 수 있겠습니까?"

심금을 울리는 아름다운 그림을 가까이에 두고 감상하고 싶었다.

"물론입니다, 고객님."

여성 큐레이터는 그림 하나를 팔게 됐다고 직감했다.

신진 예술가들에게 그림 판매는 경제적으로나 정서적으로 큰 도움이 되는 일이었다.

"화백이 신인입니까?"

차준후가 아는 건 화백이 유명해진 이후의 모습이었다.

'진짜 천재는 새싹부터 남다르구나.'

신인 시절부터 이렇게 뛰어난 그림을 그렸다는 사실이 놀라웠다.

"올해 초 LA 미술 대회에 입상해서 이름이 조금씩 알려지고 있는 신진 예술가입니다. 전도유망한 실력을 가지고 있다고 업계로부터 인정받고 있습니다."

큐레이터가 부드러운 목소리로 예술가에 대해서 설명했다.

"유명해질 것 같네요."

차준후가 차분한 목소리로 이야기했다.

예술에 대해 잘 알지 못하는 그였지만, 지금 구매하려는 작품의 저작자 이름은 알고 있었다.

"그림에 대해 잘 아십니까?"

큐레이터가 살짝 놀란 표정이었다.

차준후의 말이 사실이라면 정말 대단한 선견지명이었으니까.

천재적인 재능과 유망한 실력을 가진 수많은 예술가들 가운데 제대로 된 성공의 길을 걷는 사람들은 많지 않았다.

날개가 꺾여 사라진 천재들이 무수히 많은 곳이 바로 예술 업계였다.

업계에 있는 전문가라고 해도 신진 예술가의 성공 가능성이 높다고 말할 수는 있으나 성공한다고 장담할 수는 없었다.

"그건 아니고. 저를 감동시키는 그림을 보니까, 성공한다는 생각이 들어서 이야기했습니다."

차준후의 말투는 여전히 담담했지만 그 안에는 확신이 담겨 있었다.

그 사실을 큐레이터가 은연중에 느꼈고, 차준후를 빤히 바라보았다. 뭔가 말로 표현하기 힘든 묘한 분위기를 풍기는 손님이었다.

"이 화백 작품을 모두 구매하겠습니다. 몇 작품이 있습니까?"

차준후가 지갑을 열기로 마음먹었다.

마음에 울림을 주는 작품을 접할 수 있다는 건 대단한 축복이었다.

큐레이터의 입가에 미소가 번졌다.

크지 않은 미술관이었기에 큐레이터와 도슨트를 함께 하면서 동시에 판매까지 일인다역을 하고 있었다.

그녀는 작품을 판매하면 일정 비율의 수당을 받을 수 있었기에 기분이 좋아졌다.

"지금 보시는 작품 외에 두 작품이 남아 있습니다. 다른 작품들도 분명히 마음에 들 거라고 생각합니다."

큐레이터가 보여 준 다른 두 작품도 훌륭했다.

아침이슬처럼 투명한 나비들이 날아다니는 그림과 백합처럼 새하얀 나비들의 군무 그림은 아름다우면서 신선했다.

구매해 놓으면 무조건 큰 이익을 볼 수 있는 유명작가 초기의 작품들이었다.

이익을 떠나서 유명해지는 작가의 작품을 전영식에게 보여 주고 싶었다.

"여기로 배송을 부탁드립니다."

차준후가 익숙한 작가의 그림 세 점을 구매한 뒤에 명함을 내밀었다.

명함에는 대표이사 차준후라는 문구와 함께 스카이 포레스트 미국 법인의 주소가 하단에 작은 글씨로 박혀 있었다.

"꼼꼼하게 포장해서 보내드리겠습니다. 스카이 포레스트 사장님이시군요. 밀크는 잘 사용하고 있습니다."

흘깃흘깃 바라보는 그녀의 눈길이 더욱 자주 차준후의 얼굴에 머물렀다.

그렇지 않아도 가까운 곳에 스카이 포레스트의 미국 법인이 설립됐다는 소식을 접했던 큐레이터였다.

이름을 들어 본 회사의 젊고 잘생긴 대표이사가 미술관을 찾아올 줄이야.

앞으로도 지금처럼 서로 매출을 올려 주는 좋은 관계를 유지했으면 좋겠다.

"우리 회사 고객님이시군요. 앞으로도 잘 부탁합니다."

밀크를 미국에 정식 출시하지 않았는데도 불구하고 갖은 노력을 기울여서 구매하는 고객들에게 차준후가 고마움을 느꼈다.

"평생 사용할게요."

그녀는 밀크에 푹 빠져 있었다.

미술관을 전부 둘러봤지만, 마음을 울리는 작품을 더 이상 찾을 수 없었다.

유명해지는 다른 작가의 그림을 발견하기는 했지만 구매하지는 않았다.

매입할 가치는 충분히 있었지만 미술품으로 금전적 이득을 취할 생각이 없는 차준후가 미술관을 나왔다.

때마침 배가 출출하였기에 맛집이라고 들었던 식당에 들어가서 요리를 주문했다.

단순한 식당이 아니었다.

식당 한편에 마련된 간이 무대에서 라이브 공연이 진행

되고 있었다.

 높은 수준의 공연으로, 귓가에 들려오는 피아노와 바이올린 협주가 무척 감미로웠다.

 눈과 귀를 사로잡는 무대를 감상하면서 혀에 착착 감겨오는 맛있는 요리를 먹었다.

 만족스런 식사였다.

 식사비를 지불하면서 팁도 적잖게 줬지만 하나도 아깝지 않았다.

 재방문할 의사가 있을 정도로 매력적인 식당이었다.

 끝없이 펼쳐진 넓은 해변을 걸으며 차준후가 미국의 자유로운 기운, 21세기 대한민국과 유사한 분위기에 흠뻑 빠져들었다.

※ ※ ※

 차준후가 공장 매매 계약 절차를 마무리하고, 공장 정문에 스카이 포레스트라는 간판을 내걸었다.

 LA 한국일보 일면에 스카이 포레스트의 공장 사진과 함께 기사가 실렸고, 엄청난 신문부수를 자랑하는 LA 타임지 경제란 한쪽 구석에도 짤막하게 공장과 관련된 기사가 올라갔다.

 이제 공장에서 일할 근로자를 구해야 했다.

하나부터 열까지 차준후가 새로 뽑은 근로자들을 교육시키면 피곤한 일이었다. 그렇지 않아도 처리해야 할 굵직굵직한 일들이 넘쳐흘렀다.

"사장님. 이것 결제 부탁드립니다."

"급하게 처리해 주셔야 할 서류입니다."

"사장님과 이야기해야 한다고 합니다. 전화 연결해 드리겠습니다."

"이건 제가 처리하기에 너무 덩치가 큽니다. 어떻게 해야 하나요?"

차준후가 숨 돌릴 틈도 없이 밀려드는 일들을 처리하기에 바빴다.

벌여 놓은 사업들을 원활하게 돌아가게 만들기 위해서 빠른 속도로 일을 처리했다.

미국에서 사업을 펼쳐 나가는 데 있어 여러 가지 난항들도 존재했는데, 이는 스카이 포레스트가 외국 기업이기 때문이었다.

무엇보다 모든 중요한 문제를 해결하기 위해서는 차준후의 결재가 필요했다.

오늘따라 커피 한 잔 여유롭게 마실 시간조차 없었다.

맹목적으로 일만 하는 걸 무척 싫어하는 인간이 바로 차준후였다.

처리해야 할 일들이 많았기에 적극적으로 움직이다 보

니 차준후는 한국에서보다 더욱 바빴다.

노력을 아끼지 않고 일하면서 한편으론 여유로운 시간을 보내고 싶은 마음이 있었다.

"임원급이 없으니, 숨 돌릴 틈도 없네."

현재 스카이 포레스트 미국 법인은 사람이 무척이나 부족한 상황이었다.

임원을 비롯한 간부급이 없기에 중요한 일들은 모두 사장인 차준후에게 집중됐다.

과중한 업무에서 탈출하는 길은 하나뿐이었다.

인재 확보!

문상진과 같은 임원이 미국 법인에 있으면 차준후의 업무가 대폭 줄어들게 된다.

여유로운 회사 생활을 할 수 있는 유일한 출구이자 활로를 위해서는 아주 뛰어난 인재가 필요했다.

차준후는 그 답을 알고 있었다.

"지금쯤이면 은사가 회사를 폐업할 때인가? 올해 말에 믿었던 지인에게 배신당하고 사업을 정리했다고 들었는데……."

1990년대 미국 유학 당시 가르침을 줬던 은사를 떠올렸다.

"삼십 년 일찍 은사를 찾아뵈야겠어."

지금 만나러 갑니다.

인연이 닿았던 젊은 은사를 찾아간다고 생각하니 마음

이 설렜다.

 빙의하고 난 뒤로 지금껏 단 한 번도 경험하지 못했던 진짜 임준후의 지인을 만나러 가는 길이었다.

* * *

 토니 크로스는 고분자 화합물 특허를 여러 개 낼 만큼 실력과 의욕이 대단한 연구원이면서 동시에 사업가였다.

 올해 초 그는 병명을 알 수 없는 병을 앓게 되었다.

 다리의 신경 조직이 약화되어 보행이 점점 어려워지고 있었다.

 치료에 집중하지 않으면 다리를 절단할 수도 있다는 의사의 이야기에 토니 크로스는 사업을 대학 동기인 절친 부사장에게 회사 업무를 맡겼다.

 병원에 입원해서 집중적인 치료를 받았다.

 그렇지만 병명이 정확하게 나오지 않고 있는 질병으로 인해 치료가 쉽지 않았다.

 시간이 지나도 좋아지지 않고 절뚝거리면서 걸어야만 했고, 요즘은 보행마저 어려웠다.

 병원에서 계속 치료를 받을 생각이었지만 어쩔 수 없이 회사로 돌아와야 하는 일이 발생하고 말았다.

 부사장이 회사 자금을 횡령하고 해외로 도주하는 사고

가 발생해 버렸기 때문이었다.

"하아!"

사장실에서 토니 크로스가 바닥이 꺼지도록 한숨을 내쉬었다.

"참으로 알차게도 빼먹어 갔구나."

법인계좌에 들어 있던 자금이 모조리 사라져 버렸고, 외부 차입금이 없던 회사에 은행 빚이 잔뜩 쌓여 있었다.

사업 전망이 밝던 세이지 회사의 분위기는 망하기 일보 직전으로 악화된 상태였다.

경찰에 부사장의 횡령을 신고했지만 잡는다고 해서 빠져나간 자금을 찾는다는 보장이 없었다. 그리고 당장 회사가 버티기 어렵다는 게 문제였다.

"하하하! 탈출구가 보이지 않네."

이번 달 직원들에게 지급할 월급조차 없었다.

일부 직원들은 침몰하는 배에서 빨리 탈출하겠다고 사직서를 내던지기도 했다.

"신께서 나에게 시련을 내리시는구나."

사업을 시작하고 산전수전을 다 겪으며 강인한 정신을 가졌다고 생각했다.

그런데 육체적으로 힘들어진 상태에서 엎친 데 덮친 격으로 믿었던 지인의 배신으로 회사가 망할 위기에 처하자, 눈앞에 하얗게 변했다.

"사장님, 손님이 찾아오셨습니다."

"손님이요? 제가 아는 분인가요?"

"아니요. 처음 뵙는 분이세요. 스카이 포레스트의 차준후 사장님이십니다."

"스카이 포레스트? 모시세요."

그는 치료에 전념하느라 사업에 관심을 두지 않았으나, 최근 미국에서 가장 뜨거운 화장품 회사에 대한 소문을 들었다.

병원에 면회를 온 부인이 스카이 포레스트의 화장품에 대해 크게 찬양을 했기에 자연스럽게 알게 된 사실이었다.

차준후가 깔끔하게 꾸며진 사장실 안으로 들어섰다.

17층 높이에서 바라보는 도시 경관이 아름답게 눈에 들어오는 가운데 젊은 토니 크로스가 보였다.

"처음 뵙겠습니다. 스카이 포레스트의 차준후라고 합니다."

"반갑습니다. 세이지를 운영하고 있는 토니 크로스입니다. 일어나서 응대를 해야 하는데, 제가 몸이 불편해서 양해를 부탁드립니다."

책상에 기대어 놓은 목발이 있는 가운데, 토니 크로스는 넥타이를 풀어 헤친 채 헝클어져 있는 모습이었다.

'젊은 시절의 은사를 보니까, 반갑네.'

30년 전 대학교 강단에서 보았던 노후한 모습은 보이

지 않았지만 차준후에게 친근함을 선사해 줬다.

은사에게 값진 가르침을 전수받았고, 낯선 미국에서 살면서 도움과 배려의 손길을 많이 받기도 했다.

저렴한 식빵 모서리 조각들로 굶주린 배를 채울 때 은사가 집으로 초대하여 따뜻한 식사를 대접했던 순간이 아직도 기억에 생생했다.

이제 그때의 따뜻함을 돌려줘야 할 순간이었다.

"괜찮습니다."

"앉으세요. 그런데 어떻게 오셨습니까?"

"회사가 어려워졌다고 들었습니다."

자리에 앉은 차준후가 조심스럽게 이야기를 꺼냈다.

벌어진 나쁜 사건을 말하는 건 당사자가 무척 싫어하는 일이었다.

그의 말이 있자마자 토니 크로스의 얼굴이 일그러졌다.

생전 모르는 타인의 이야기에 분노가 치밀어 올랐다.

그렇지만 그것도 잠시뿐 이내 인정하고 말았다.

"이제 여기저기 소문이 퍼진 모양이군요. 맞습니다. 폐업해야 하는 날이 오늘내일하고 있는 사정입니다."

한숨을 내쉬는 토니 크로스는 세상 다 산 사람 표정이었다.

경찰 신고와 함께 횡령 사실을 전해 들은 은행에서도 빌려준 돈을 상환하라는 전화가 빗발치고 있었다. 좋지 않은 소문은 참으로 빠르게도 퍼져 나갔다.

"그 이야기를 하고 싶어서 오셨습니까?"

그의 불편한 감정이 고스란히 대화에 묻어 나왔다.

"단도직입적으로 말하겠습니다. 세이지를 인수하는 동시에 사장님과 회사 직원들 모두를 스카이 포레스트로 모시고 싶습니다."

차준후가 용건을 곧바로 꺼내 들었다.

분노로 점철되어 있는 토니 크로스의 눈빛에서 기쁨과 놀람 등이 흘러나왔다.

사실 지금의 난처한 상황에서 벗어날 수 있다면 악마의 손이라도 잡고 싶은 상태였다.

정신을 추스른 상태로 눈앞의 차준후를 뚫어져라 살폈다.

"당장 망할 회사를 인수하겠다니, 무슨 생각이시오?"

"세이지의 고분자 화합물 특허가 필요하기 때문입니다."

"망한 뒤에 특허를 인수할 수도 있는 일 아닙니까?"

돈 때문에 친우의 뒤통수를 때리고 도망간 놈도 있는데, 갑작스럽게 도움의 손길을 내미는 저의가 의심스러웠다.

"원래 세이지의 특허이니까요. 회사가 어렵다고 해도 그 가치를 정당하게 인정해 주는 겁니다."

차준후가 담담하게 말했다.

기업을 경영하면서 타인의 특허를 빼앗거나 헐값으로

인수하지 않는다.

사실 고분자 화합물 구성과 만드는 방법, 특허를 우회하는 방법에 대해서도 잘 알았다.

돈 한 푼 들이지 않고 새로운 정발제를 만들어 낼 수도 있었다.

나름 자신만의 경영 기준이 확고한 차준후였다.

미래 지식을 활용하면서 이 시대의 기술자들의 노력과 산물을 빼앗는 데 대한 미안함이 바탕에 깔렸기 때문인지도 몰랐다.

연구원 출신인 차준후의 연구자와 기술자들에 대한 배려는 따뜻하면서도 높았다.

"횡령하고 도망간 부사장이 은행으로부터 빌린 빚이 적지 않습니다."

"빚까지 모두 인수하겠습니다. 제가 평가하는 세이지의 특허 가치는 독보적이니까요. 제대로 활용만 한다면 세계를 경악하게 만들기에 충분한 특허입니다."

세이지가 망하고 난 뒤 방치되어 있던 석유 고분자 화합물 특허를 헐값에 인수해 가는 기업은 브리스톨 마이스사이다.

1964년 미국 브리스톨 마이스사에서 액체 정발제인 바타리 7를 발매한다.

바타리 7은 포마드 크림이 지배하고 있던 남성 정발제

에 일대 지각 변동을 일으킨다.

포마드 크림은 머리카락에 변색을 주거나 냄새가 나는 등의 단점이 있었다.

바타리 7은 물리적 특성이 기름과 유사하나 정발 효과가 모발에 부담을 주지 않고 자연스러웠기 때문에 소비자의 폭넓은 호응을 받게 된다.

기존 포마드의 단점을 완벽하게 메워 버린 바타리 7에 사람들이 환호했다.

고분자 석유 화합물인 바타리 7은 대량 생산이 용이하였기에 가격까지 저렴했다.

남성 정발제의 대명사로서 수십 년 동안 시장의 왕자로 군림했던 포마드가 빠른 속도로 품질과 가격에서 월등한 바타리 7에게 왕좌를 내놓게 된다.

당시 국내를 주름잡고 있던 오대양의 포마드 크림도 바타리 7 앞에서 맥을 못 추고 물러나야만 했다.

브리스톨 마이스사는 바타리 7 하나로 세계적 기업으로 성장한다. 그리고 이를 바탕으로 세계적인 제약사로 발돋움하게 된다.

화학적인 면을 집중적으로 다루는 화장품 사업과 제약업은 유사한 면이 많다.

제약회사들 가운데 화장품을 생산 및 판매하는 경우가 적지 않은 이유이다. 반대로 화장품 회사들이 제약업에 뛰어들기도 한다.

 브리스톨 마이스사 성장의 시작은 바로 눈앞의 토니 크로스의 특허로 인해 벌어지는 일이었다.

 "배려해 주셔서 감사합니다. 제안을 받아들이겠습니다."

 다리에 힘을 주면서 일어난 토니 크로스가 허리를 깊숙하게 숙였다.

 어차피 남아 있는 것도 없는데, 빚까지 떠안아 가면서 인수하겠다는 차준후의 진심을 알게 됐다.

 별 볼 일 없는 회사와 자신을 알아주는 차준후 때문에 그의 눈시울이 붉어졌다.

 세상 다 산 것 같던 그의 표정이 풀어지고 있었다.

 "회사와 특허에 대한 정확한 가치는 변호사가 와서 책정할 겁니다. 빚을 모두 갚고도 엄청난 금액을 받으실 수 있다고 제가 장담합니다."

 차준후가 분명하게 밝혔다.

 곤란에 빠져 있던 은사에게 도움의 손길을 건넸다는 사실에 마음이 절로 흡족해졌다.

 "믿겠습니다."

 허리를 펴고 차준후를 바라보는 토니 크로스의 표정이 밝았다.

 돈을 떠나서 그의 마음속에 차준후에 대한 믿음이 점점 커졌다.

그 모습에는 대학교 강단에서 보았던 모습이 얼핏 녹아 있었다.

"그런데 제가 언제까지 사장님을 도울 수 있을지 모르겠습니다. 점점 나빠지는 다리 때문에 보행이 어려워지고 있습니다."

"뉴욕 로열 에든버러 병원에서 새로운 치료법을 연구하고 있다고 들었습니다. 조만간 연구 결과를 발표하고, 임상자들을 모집할 계획으로 알고 있습니다. 회사 일과 함께 운동을 꾸준하게 하면서 기다리면 좋은 이야기가 들려올 겁니다."

차준후가 다리 치료에 대한 실마리를 알려 줬다.

폐업하는 회사로 인해 충격을 받은 토니 크로스는 과거에는 새로운 치료를 늦게 받았고, 결국 영구적인 장애를 갖게 됐다.

차준후를 만나게 되면서 그런 역사를 사라져 버렸다.

"정말입니까?"

"그렇습니다. 새로운 치료를 꾸준하게 받으면 멀쩡한 상태로 돌아올 수 있다고 합니다. 제가 전화로 문의해서 확인한 이야기입니다."

"감사합니다. 정말 감사합니다."

평생 절뚝거리며 살아갈 수도 있다는 두려움에 떨었던 토니 크로스였다.

그런데 그런 두려움이 단숨에 날아갔다.

크게 기뻐하고 있는 토니 크로스의 마음속에 차준후에 대한 신뢰감이 더욱 커졌다.

* * *

고분자 화합물 회사인 세이지의 인수가 진행되면서 토니 크로스를 비롯한 직원 사십여 명이 스카이 포레스트에 새롭게 합류했다.

산타모니카 해변에서 시작된 스카이 포레스트 미국 법인이 공장과 세이지 인수 등을 통해 계속 확대 개편되어 갔다.

세이지의 직원들이 공장 시설을 차준후의 지시에 따라 새롭게 탈바꿈하고 있었고, 공장 한쪽에 기술 연구소가 만들어졌다.

"커피 한 잔의 여유 어때요?"

양손에 커피를 든 차준후가 상무실을 방문해서 토니 크로스에게 이야기했다.

"좋습니다."

토니 크로스는 인수 이야기가 나온 이튿날부터 사무실로 출근해서 일을 시작했다.

그의 책상 위에는 수많은 서류첩들이 산더미처럼 쌓여

있었다.

보기만 해도 질릴 정도였다.

만약 토니 크로스 상무가 없다면 그 많은 서류들이 있어야 할 장소는 바로 차준후 책상이었다.

"이게 사장님이 좋아한다는 아이스 아메리카노로군요."

"맞습니다."

"커피는 항상 따뜻하게만 먹었는데, 차갑게 먹으니까 색다르기는 하네요."

토니 크로스가 차가운 커피 음료 느낌에 묘한 느낌을 받았다.

"나중에 유행할 음료입니다."

"그럴까요?"

"사람들이 길거리에서 들고 다니면서 편안하게 마실 겁니다."

"그래요?"

한 모금 더 커피를 마신 토니 크로스는 쉽게 믿기 힘들었다.

그도 그럴 것이 미국 문화에서 차가운 커피는 있지 않았으니까.

그런데 차준후가 이야기하니 진짜로 그런 시대가 올 것만 같았다.

"일은 어떻습니까?"

"처리해야 할 서류들이 많은데, 이런 건 제게 익숙합니다. 창업하면서 직접 몸으로 겪었던 일들이니까요."

세이지를 적은 자금으로 창업하면서 갖은 고생을 했던 토니 크로스이다.

관공서와 은행 등을 발이 부르트도록 돌아다녔던 기억들이 새록새록 떠올랐다.

"상무님이 계셔서 정말 큰 힘이 됩니다."

차준후가 토니 크로스를 편하게 대했다.

만난 지 이틀밖에 되지 않았음에도 불구하고 토니 크로스를 대하는 차준후의 태도는 가족처럼 무척이나 친근했다.

미국에서는 아주 친한 사이가 아니라면 보여 줄 수 없는 차준후의 태도는 실례에 가까운 일이었다.

'원래부터 정이 많은 사람인가? 그래서 나를 따뜻하게 챙겨 주는 거겠지.'

이상하다고 생각하면서도 친근한 태도가 토니 크로스는 싫지 않았다.

오히려 더욱 친근해지기를 원했다.

취업 비자

"저 역시 사장님이 있어서 힘이 납니다."
어려운 처지를 구해 준 차준후는 그에게 영웅이나 마찬가지였다.
회사와 특허를 헐값으로 인수하지 않고 거액을 지불하겠다고 이야기했으니, 이제 백만장자가 될 일만 남았다.
세이지를 창업할 때 백만장자가 되겠다는 포부를 세웠었는데 그것이 단번에 이뤄졌다.
스카이 포레스트에 와서 일하면서 알아보니 이 회사의 잠재력이 보통이 아니었다.
세이지와는 비교할 수도 없을 정도로 대단한 회사라는 걸 느꼈다.
"관공서들에 보낼 서류는 다 모았습니까?"

"넘치도록 충분히 모았습니다."

"한국의 근로자들을 데리고 오는 데 불편한 점들이 있지 않습니까?"

"급박하게 데리고 오려는 거지요?"

"맞습니다. 관광비자로 입국한 뒤에 취업 비자를 받아야 합니다."

취업 비자를 받기까지 무려 4개월 이상이 걸리기에 차준후는 우선 관광비자로 입국을 시키려 하고 있었다.

미국의 선진기술을 한국 근로자들에게 습득시킬 생각이었다.

이렇게 획득한 기술을 국내에 뿌리내리게 하고 확산시키면 국내 산업의 전반적인 수준을 높이는 게 가능했다.

미리 준비했어야 했는데, 미국의 사정을 자세히 알 수 없었다.

여러 가지로 미흡한 점이 있는 미국 진출이었고, 사장으로서 낙제점을 받아야 할 부분도 있었다.

대한민국 기업으로서 처음 미국에 제대로 진출하면서 발생하는 부작용이었다.

"죄송합니다. 관공서들의 악명이 높아서 해 봐야 알 것 같습니다."

"상무님께서 죄송할 일이 아니죠. 최선을 다해서 노력해 주시는 걸로 만족하고 있습니다."

"최대한 빨리 체류하는 직원들이 취업 비자를 받을 수 있도록 손써 보겠습니다. 수십, 수백만 달러를 투자하여 공장과 회사를 인수하고 근로자들을 모집한다는 사실을 적극적으로 어필하면 허가가 빨리 떨어질 수도 있으니까요."

미국에 대한 투자금이 많으면 관공서에도 배려해 주기 마련이었다.

스카이 포레스트는 세이지를 인수하면서 미국인들을 고용했기에 관공서에서 우대를 받는 게 가능했다.

경제가 폭발적으로 성장하고 있는 미국은 외국의 기업이 미국에 투자하는 걸 정책적으로 밀어주고 있었다.

캘리포니아 주정부와 로스앤젤레스에서도 기업과 공장의 유치를 발 벗고 나서면서, 지원금과 세금혜택 등을 내세우고 있는 실정이었다.

우대와 혜택을 하나라도 더 받을 수 있도록 토니 크로스가 분주하게 돌아다녀야만 했다.

* * *

차준후에게서 열 명 안팎의 지원자들을 보내 달라는 서신을 받은 문상진은 미국에서 일할 지원자를 물색했다.

한 명의 여자를 포함해서 모두 일곱 명이 선발됐다.

생산부, 영업부, 인사부 등 공장 운영을 잘 아는 여러

부서의 사람들이었다.

염보성을 비롯한 희망 지원자 일곱 명이 미국 법인 사무실에 모습을 드러냈다.

"안녕하십니까. 사장님을 미국에서 뵈니까, 정말 좋네요."

"어서 와요."

차준후가 익숙한 얼굴들을 반겼다.

일곱 명은 모두 적극적으로 노력하는 사람들이었는데, 잔업까지 마친 늦은 심야에 학원을 다니며 영어를 배웠었다.

이들은 기초적이지만 영어를 할 수 있다는 점에서 큰 점수를 받았다.

미국 파견을 원하는 지원자들이 많았다.

왜?

대한민국에서 받는 것보다 월급이 훨씬 더 많았기 때문이었다.

대한민국에서는 환으로 받지만 미국에서는 달러로 월급을 받았다. 당연히 물가가 비싼 미국에서 생활하기 위해서는 적지 않은 달러를 받아야만 한다.

미국 동종업계 최고의 대우는 대한민국 근로자들 입장에서 소위 눈이 돌아갈 정도로 엄청난 금액이었다.

미국의 일 년 봉급이 십 년 넘게 한 푼도 쓰지 않고 모은 대한민국 월급 총합보다 많았다.

이 때문에 스카이 포레스트의 많은 직원들이 파견을 신청했고, 치열한 경쟁을 뚫고 선정된 일곱 명은 미친 듯이 기뻐했었다.

일곱 명의 파견 근로자들 뒤쪽에는 신판정이 웃는 얼굴로 네 명의 사람들과 함께 서 있었다.

"먼 길 오느라 고생하셨습니다. 오시는데 불편하지는 않으셨나요?"

"고생이라니요. 즐거운 마음으로 달려왔습니다."

"기술 고문께서 해 주셔야 할 일들이 많습니다. 공장 설비들을 손봐 주셔야 하고, 협력 업체들이 새롭게 구매하는 윤전기와 플라스틱 사출기에 대한 기술 교육까지 겸해 주셨으면 합니다."

차준후가 신판정을 미국으로 불러들여 새로운 기술과 함께 장비를 살펴봐 주기를 희망했다.

미국 현지 기술자에게 맡겨도 되지만 그래도 가장 믿을 수 있는 기술자는 바로 신판정이었다.

신판정이 선진화된 기술을 습득하면 귀국해서 큰 도움이 될 게 확실했다.

"편지를 받았을 때 심장이 두근거려서 며칠 밤낮을 자지 못했지요. 이런 기회를 줘서 너무 고맙소이다."

신판정은 발달한 미국의 기술을 배울 수 있는 기회에 칠천리 점포를 지인에게 맡기고 부리나케 달려왔다.

"안녕하십니까. 공영소에서 나왔습니다."

"저희는 성형 플라스틱의 사람들입니다."

협력 업체 사람들이 함께 도착했다.

해외에 나가려면 일일이 정부의 허락을 받아야만 했고, 이들의 미국 출국은 스카이 포레스트의 요청이 있었기에 가능했다.

윤전기와 플라스틱 사출기 구입 역시 화장품 부자재의 중요성을 강조한 차준후의 입김으로 구입할 수 있었다.

스카이 포레스트 미국 사무실이 본래의 업무 외에 협력 업체의 기술 지원 업무까지 떠안게 됐다.

이뿐만 아니라 제품 정비와 기술 지원, 부품 조달, 교육 훈련 등 제공하는 운영지원 사업을 중장기적으로 협력 업체들과 협의할 계획이었다.

돈이 되는 것이라면 모든 걸 다 취급하는 이른바 종합 무역상사인 셈이었다.

"잘 오셨습니다. 선진화된 미국에서 많은 걸 보고 배워 갔으면 하는 바람입니다."

차준후는 협력 업체의 질적인 성장을 간절히 바라고 있었다.

협력 업체인 공영사와 성형 플라스틱에서 숙련된 기술자들이 최신 장비를 이용해서 세련된 플라스틱과 화려한 포장지, 포스터 등을 만들어 줘야만 했다.

그래야 원하는 아름다우면서 멋진 화장품을 입체적으로 완성시킬 수 있었다.

"좋은 기회를 주셔서 감사합니다. 최선을 다하겠습니다."

"죽을 각오로 배워서 사장님의 기대를 실망시켜 드리지 않겠습니다. 만약 기대에 못 미치면 저를 고국으로 돌려보내셔도 사장님을 원망하지 않겠습니다."

고개 숙이며 감사해하는 협력 업체 관계자들이 의욕을 불태웠다.

따라가지 못하면 배제될 수도 있다는 절박함까지 은연중에 내비쳤다.

협력사가 되기 위해서 스카이 포레스트의 문을 두드리고 있는 인쇄소와 플라스틱 업체들이 많았다.

협력 업체만 되면 배정받는 엄청난 물량으로 많은 수익을 얻을 수 있기 때문이었다.

스카이 포레스트가 독점으로 일을 맡기지 않고 두 곳 이상의 협력 업체들 간의 경쟁을 준다는 사실이 업계에 공공연하게 퍼졌다.

이로 인해 기존 협력 업체들이 잔뜩 긴장하고 있었다.

두 업체에서 온 사람들은 전도유망한 사람들이었고, 미국 땅을 밟은 그들 모두가 후계자들이었다.

미국에서 최신 기술을 얼마큼 배워 가느냐에 따라 업체

와 그들의 운명이 달려 있었다.

"통역사를 붙여드릴 테니, 최대한 많은 걸 보고 습득하세요. 가르쳐 주지 않으려고 할 수도 있는데, 쫓아다니면서 하나라도 더 배워야 합니다."

기술 전수에 배타적인 곳이 많았다.

최신 기술이 들어간 설비들에 대해서는 더욱 그런 경향이 심했다.

"체면 따위는 고려하지 않고 찰거머리처럼 달라붙을 거니 염려 붙들어 매시오."

신판정이 결의를 다졌다.

언제 다시 미국 땅을 밟아볼 기회가 오겠는가.

눈을 감기 전 다시는 오지 못할 수도 있는 기회의 땅이었다.

"저희도 찰거머리가 될 각오가 되어 있습니다."

푸대접을 받을 수도 있다는 걸 누구보다 기술자들이 잘 알았다.

기술을 심도 있게 배울 수 있다면 기꺼이 푸대접을 감수할 수 있었다.

"좋은 각오입니다."

차준후가 미소를 지으면서 협력 업체들이 잘 될 거라는 확신을 가졌다.

"기술 고문께 부탁드리고 싶은 일이 있습니다."

"무엇이든 말해 보세요."

"앞으로 필요한 설비들 목록입니다. 기술 고문께서 살펴보시고 가격에 구애받지 말고 좋은 설비들을 구해 주셨으면 합니다."

"이런 일이라면 언제든 맡겨 주시오. 가장 좋은 설비를 가지고 오겠소이다."

신판정이 곧바로 즐겁게 대답했다.

뛰어난 설비들을 발품 팔며 돌아다니며 살펴본다는 건 유희나 마찬가지였다.

"비행기를 타고 이역만리까지 오느라 고생하셨을 테니, 오늘 하루는 푹 쉬세요. 바다가 보이는 좋은 곳에 숙소를 잡아 뒀습니다."

"비행기에서 잠을 많이 잤더니 하나도 피곤하지 않습니다. 이제부터는 우리들이 알아서 움직이겠습니다."

신판정이 협력 업체의 사람들을 데리고 사무실에서 나갔다. 밖으로 빠져나가는 그들의 발걸음이 무척이나 경쾌해 보였다.

"피곤하지도 않은 모양이군."

"미국 땅을 처음 밟았는데 숙소에 가서 잠자면 억울하잖아요. 저희들도 첫 날 저들처럼 밤늦게까지 주변을 돌아다녔어요."

"그렇기도 하겠네요."

차준후가 사람들의 마음을 납득했다.

오래전 그도 처음 미국에 왔을 때 마음이 설렜었으니까.

도착한 파견 직원들에 관련되어 처리해야 할 일들이 많았기에 차준후는 사장실로 들어섰다.

미국에 왔으면 미국 법을 따라야 한다.

출장이 아닌 미국 현지 체류였기 때문에 파견 직원들의 사회보험, 취업 비자 등을 처리해야만 한다.

도움을 주는 전문가들을 고용했지만 사장의 사인이 들어가야 하는 서류들도 적지 않게 있었다.

예상했던 것처럼 파견 근로자들이 미국에서 일할 수 있는 취업 비자를 받는 일부터 쉽지 않았다.

노동청에 취업 비자를 신청했는데, 정작 이민국에서 제동이 걸려 버렸다.

최빈국 대한민국에서 파견 온 스카이 포레스트의 직원들에 관련하여 이민국에서 의심의 눈길을 보내왔다.

그도 그럴 것이 단순 방문으로 와서 취업 비자를 받겠다고 하니 이민국에서 의심하는 게 당연했다.

이민국 담당 부서에서 사장인 차준후와 직접 만나기를 청했다.

미국의 여러 관공서들 가운데 이민국은 엄청난 힘을 가지고 있는 걸로 유명하다.

대통령보다 더 강한 권력을 행사한다는 이야기가 떠돌 정도였다.

이민국에서 해외 근로자의 취업과 관련된 서류 발급을 거절하면 미국 입국 자체가 거부된다.

이민국에서 하는 이야기를 절대로 가볍게 여겨서는 안 됐다.

결국 이민국을 차준후가 직접 찾아가서 관련 서류 제출과 함께 해명하는 시간을 가져야만 했다.

"스카이 포레스트 미국 법인은 현지 공장을 운영하기로 결정하였습니다. 공장을 원활하게 운영하기 위해서는 파견 직원들이 필요합니다."

차준후가 이민국 관계자들에게 파견 직원들의 필요성을 적극적으로 이야기했다.

선진화된 기술을 습득하기 위해 온 것이었지만 속내를 그대로 밝히지 않고 잘 포장했다.

어떻게 포장하느냐에 따라 이야기가 달라진다.

"스카이 포레스트 화장품이 유명하다는 사실을 알고 있습니다. 그렇지만 최빈국 대한민국에서 온 직원들이 미국에 불법 체류하지 않는다는 보장이 없잖습니까?"

지금처럼 합법적으로 들어온 근로자들이 불법 체류하는 건 아주 흔한 일이었다.

이민국 직원들이 눈에 불을 켜고 깐깐하게 심사하고 있

는 이유였다.

 미국의 높은 임금과 풍부한 일자리 때문에 불법 체류자들이 끊이지 않았다. 시간이 지날수록 늘어나고 있어 미국 사회에 많은 불협화음을 일으켰다.

 미국인들의 일자리를 빼앗을 뿐만 아니라, 각종 범죄를 저지르고 다녀 골칫거리였다.

 "불법 체류를 할 이유가 없습니다. 스카이 포레스트에서 주는 임금은 미국 동종 업계에서 최고이니까요. 좋은 일자리를 때려치우고 나쁜 일자리를 얻을 바보가 어디에 있겠습니까?"

 차준후가 미리 준비해 둔 계약서와 사업 신청서 등의 서류들을 내밀었다.

 동종업계의 보수들까지 적혀 있는 서류에서 스카이 포레스트의 임금이 가장 높았다.

 "음! 정말 이 임금을 지급하시려고 합니까?"

 "이미 신고를 마친 서류들이고, 지금이라도 노동청에서 확인하실 수 있을 겁니다. 스카이 포레스트에서는 고부가 가치의 화장품들을 만들고 있기 때문에 근로자들에게 높은 임금을 충분히 줄 수 있습니다."

 차준후가 다리를 꼬면서 이야기했다.

 제대로 된 사람을 구하는 게 문제일 뿐, 돈을 주는 건 문제가 전혀 안 됐다.

"사장님 말씀대로 이런 높은 임금을 받는다면 불법 체류를 할 이유가 없겠군요."

가장 상석에 앉아 있는 이민국 간부가 인정했다.

"허가 서류는 곧바로 발급이 가능하겠죠?"

"조건이 있습니다. 조건을 받아들이시면 곧바로 허가 서류를 발급받을 수 있도록 돕겠습니다."

"무엇입니까?"

"파견 근로자 한 명당 삼십 명의 미국인을 고용해 달라는 겁니다."

미국 이민국은 불법 체류자들을 쫓아내는 것이 주업무이면서 취업에 깊숙하게 관여하고 있기도 하다.

"알겠습니다. 현지 직원을 고용하겠습니다."

천 명의 미국인을 고용할 생각을 가지고 있었기에 차준후는 흔쾌히 조건을 받아들였다.

"허가 서류를 내드리겠습니다. 이걸 가지고 노동청으로 가시면 취업 비자를 받을 수 있을 겁니다."

이민국 직원이 곧바로 서류를 내줬다.

이민국 문제를 해결했지만, 관공서에서의 일이 끝난 건 아니었다.

취업 비자를 발급받기 위해서는 노동청으로 가야만 했다. 노동청에 서류를 제출했지만, 돌아오는 답변은 기다리라는 것이었다.

미국에서는 관공서의 행정 업무가 체계적으로 연계되어 있었고, 그 연계를 처리하는 과정이 대한민국에 비해 많이 느렸다.

"화장품 생산 설비가 제대로 갖추어져 있는지 확인하러 직원들이 나갈 겁니다. 기존 공장을 매입했는데 추가 공사를 계획하고 있나요? 재무제표와 은행 잔고 등도 확인해야 하니까 기다려 주세요. 순서대로 처리할 겁니다."

노동청에서 자세하게 취업에 관련된 부분을 들여다보겠다는 것이었는데, 빨리빨리 문화에 익숙해진 한국인들의 눈에는 엄청 느렸다.

노동청의 승인 기간이 평균 한 달 정도 소요된다.

노동청의 취업 비자 발급을 기다리는 기간 동안 일곱 명의 파견 직원들은 공장에서 숙식을 해결하면서 낡은 부분을 고치고 닦는 작업을 해 나갔다.

낡은 건물은 고쳐야 할 곳이 한두 곳이 아니었다.

방치된 옥상의 방수 페인트가 쩍쩍 갈라져 있어서 빗물이 새어 들어올 우려가 컸다.

일곱 명의 직원이 전 세이지 직원들과 함께 옥상의 갈라진 페인트를 걷어 내고 두껍게 다시 칠했다.

이런 일을 하라고 부른 것이 아니었지만 그들이 관련 보수 공사를 척척 해 나갔다.

필요한 설비와 자재들이 공장으로 들어와서 자리를 잡

기 시작했고, 필요 없는 장비들은 뜯어서 창고로 들어가 거나 폐기됐다.

중장비가 동원되었기에 일사천리로 일이 진행됐다.

엄청난 폐기물들이 트럭에 실려 사라졌고, 최신 설비들이 들어선 공장은 금방이라도 운영이 가능해졌다.

큰 것들은 중장비의 도움을 받았지만 사람들의 손길이 가야 할 곳들이 많았다.

"저기 파이프 배관을 뜯어내야 합니다."

차준후가 효율적인 제작을 위해 기존 파이프 배관을 교체하도록 지시했다.

"멀쩡한데 바꾸실 생각이세요?"

"하루에 수십, 아니 수백 톤이 움직여야 하는 배관입니다. 그래서 작은 배관을 뜯어내고 더 굵은 파이프 배관으로 바꿔서, 원료들의 이동을 효율적으로 만들어야 합니다."

"헉! 수백 톤이요?"

뱅상이 놀란 표정으로 말했다.

"수백 톤으로 놀라면 어떻게 합니까? 미국 시장을 감당하기 위해서는 수천 톤 단위로 늘려야만 할 겁니다."

대량 소비의 천국인 미국 시장을 감당하기 위해서는 그에 걸맞은 설비 시설을 갖춰야만 한다.

그렇지 않으면 결코 미국 시장의 소비력을 충족시키지

못하니까.

"사장님이 바라보는 미래는 정말 엄청나네요."

뱅상이 혀를 내둘렀다.

이번에 공장을 인수한 곳이 혁신적인 화장품 밀크와 쿠션 톡톡을 개발한 스카이 포레스트라는 건 알았지만 이 정도로 대단할지는 미처 몰랐다.

미국 화장품 업계는 유명한 화장품 업체들이 꽉 움켜잡고 있었다.

중소기업들이 설 자리는 점차 사라지는 추세였다.

그 때문에 과거 잘나가던 수많은 중소 화장품 업체들이 폐업했고, 그 가운데 한 곳이 바로 지금의 공장이었다.

중소업체가 살아남기에 쉽지 않은 화장품 시장이었는데, 눈앞의 차준후는 그야말로 거침없이 질주할 것처럼 보였다.

"조만간 직원 채용 공고를 낼 겁니다. 인성 좋고 실력 좋은 사람들이 있으면 추천해 주세요."

"제가 받는 보수 이야기를 했더니, 소개해 달라고 하는 예전 공장 지인들이 많습니다."

해고된 직원들 가운데 일부는 직장을 찾지 못하고 여전히 실업자로 남아 있었다. 예전 직원들과 아직까지 연락을 주고받고 있는 뱅상이었다.

차준후와 스카이 포레스트 입장에서도 화장품 제작에

생판 모르는 사람보다 잘 알고 있는 근로자 채용이 여러 모로 좋았다.

"실력도 뛰어나면 좋겠지만 인성이 더욱 중요합니다."

차준후는 사람 됨됨이를 중요시했다.

실력은 교육시켜 가면서 높일 수 있지만 인성은 바뀌는 게 쉽지 않았다.

"알겠습니다. 그런데 얼마나 모집하실 생각입니까?"

"공장 규모로 봐서 천 명을 일차적으로 채용하려고 합니다."

큼지막한 공장 규모 때문에 원래 예상했던 직원 수보다 대폭 늘렸다.

　　　　　　　＊　＊　＊

위이이잉! 위이이잉!

치이익! 치이익!

공장 곳곳에서 절단과 용접이 이어졌다.

분명 좋은 시설들이었지만 스카이 포레스트의 화장품 제조에 있어 바꿔야 할 부분이 차준후의 눈에 많이 보였다.

스카이 포레스트에 맞게 바꾸는 작업이 지속적으로 이어졌다.

향후 늘어날 물량을 감안하여 공장 증설까지 따져 가며 하는 작업이었다.

"이야! 이곳이 천국이군요."

신판정이 협력 업체 기술자들을 데리고 공장에 도착했다.

"기술 교육은 잘 받았습니까?"

"코쟁이 놈들이 얼마나 깐깐한지 말도 다 못하겠습니다. 그래도 기술력 하나는 좋아서 많은 걸 배워 왔지요."

신판정을 비롯한 사람들은 윤전기와 플라스틱 사출기 업체들에서 기술 교육을 함께 받고 있었다. 기술 교육 시간대가 달랐기 때문에 가능한 일이었다.

업종이 달랐지만 응용할 수 있는 기술들도 있어 배워두면 모든 것이 도움이 됐다.

어차피 기술이란 건 모두 연결되는 부분이 있었으니까.

"피곤하실 텐데, 들어가서 쉬시지 않고요?"

"해도 떨어지지 않았는데, 무슨 말씀입니까. 도와드리겠습니다."

신판정을 비롯한 기술자들이 두 팔을 걷어붙이고 나섰다.

스카이 포레스트 용산 공장 설비의 생리를 잘 알고 있는 신판정의 합류는 큰 도움이 됐다.

차준후와 함께 협의하면서 그가 움직일 때마다 설비와 시설들이 조금씩 바뀌어 갔다.

미국 공장이 서서히 용산과 비슷한 형태를 취해 갔다.

한국과 미국의 운용을 비슷하게 통일해서 운용 비용을 절약하는 동시에 중복 투자할 수 있는 부분을 방지했다.

차후에는 두 공장의 운영이 조금씩 다른 방향으로 전개되겠지만 시작하는 위치는 비슷했다.

"오늘 저녁은 제가 근사한 곳에서 사겠습니다."

차준후가 근처 맛집을 알아 뒀다.

고생하고 있는 모든 직원들과 함께 회식을 할 생각이었다.

"일할 맛이 나네요."

"사장님, 감사합니다."

한국 작업자들이 환호했다.

알아듣지 못하고 어색하게 웃고 있는 조와 뱅상에게 염보성이 어색한 영어로 저녁 식사를 차준후가 산다고 이야기해 줬다.

피부색은 달랐지만 모두 한마음 한뜻으로 작업자들이 땀을 뻘뻘 흘렸다.

작업자들의 손길 아래 스카이 포레스트 미국 공장에서 제품 생산을 시작할 수 있는 기틀이 마련되어 갔다.

* * *

미국 관공서의 행정 처리는 극악이라고 해도 과언이 아니다.

보통의 경우 노동청에 신고하고, 허가받고, 취업 비자 발급까지 한 달 이상이 걸렸다.

"취업 비자를 발급받아 왔습니다."

휠체어를 탄 토니 크로스가 사무실에 들어와서 이야기했다.

그는 시간이 날 때마다 노동청을 방문해서 빠른 취업 비자를 요청했었고, 오늘 방문해서 직접 두 손으로 받아 왔다.

"시간이 걸린다고 했는데, 빨리 나왔네요."

노동청에 요청한 지 일주일 정도 지난 뒤에 나온 취업 비자였다.

일주일이면 정말 눈부신 속도로 취업 비자가 발급된 것이었다.

"위에서 눈여겨보고 있는 기업이라면서 취업 비자를 빨리 내주라고 했더라고요."

은근히 어떻게 된 것이냐고 묻는 눈치였다.

사장인 차준후가 힘을 발휘한 것인가?

일하면서 알고 보니 대단한 능력을 지닌 차준후였다.

"저도 모르는 이야기입니다. 그쪽에서 말한 것처럼 눈여겨보고 있는 사람이 있는 모양이지요."

차준후도 빠른 취업 비자 발급 원인을 알지 못했다.

그러나 짐작 가는 것이 없는 바는 아니었다.

'나오미 캄벨이 관계된 것 같은데…….'

적극적으로 이민과 귀화를 제안하던 나오미 캄벨이 뇌리에 떠올랐다.

그건 단순히 개인의 의견이 아닌 상부와 협의된 제안이었다.

결국 미국 당국의 누군가 차준후를 주목하고 있다는 소리이기도 했다.

막후에서의 도움으로 시간을 절약할 수 있다면 좋은 일이었다.

"어쨌든, 좋은 일입니다."

필요하다면 내막을 알아볼 수도 있었지만 구태여 그럴 필요를 느끼지 못하는 차준후였다.

"이제는 파견 근로자들이 눈치 보지 말고 마음껏 일할 수 있겠네요."

토니 크로스가 환하게 웃었다.

공장에서 땀을 뻘뻘 흘리며 일하고 있는 파견 근로자들이 혹시라도 취업 비자 때문에 문제가 생길지 노심초사했었다.

관공서의 눈에 찍혔다가는 커다란 불상사가 일어날 수도 있었다.

"거래처들은 확보했습니까?"

차준후가 물었다.

"인쇄소, 플라스틱 용기 업체, 유리 공장 등 모두 계약서만 작성하면 됩니다."

몸이 불편했지만 전용 운전기사가 딸린 차량을 타고 수많은 거래처들을 돌아다니며 영업까지 뛰고 있는 토니 크로스였다.

"진행하세요."

"미국에서 스카이 포레스트의 화장품을 만드는 날이 드디어 시작되겠군요. 무척이나 기대됩니다."

차준후의 지시에 토니 크로스가 환하게 웃었다.

제품 생산을 위한 모든 물밑 작업이 끝나 있는 상태였다.

국내에만 머물러 있던 제조업이 대한민국 역사상 처음으로 미국에서 만들어지려는 순간이 코앞으로 다가왔다.

이제 직원들만 모집하면 스카이 포레스트의 화장품들이 미국에서 생산, 판매가 가능해진다.

* * *

「스카이 포레스트 공장에서 직원을 채용합니다.」

LA 한국일보 일면에 스카이 포레스트의 직원 채용 공고가 올라왔다.

"스카이 포레스트에서 직원들을 고용하겠다는 공고가 올라왔어."

"드디어 직원들을 모집하는구나. 얼마나 기다려 왔는지 몰라."

"이야! 아시아 작은 나라에서 왔다는 화장품 업체가 무려 천 명이나 직원을 고용하겠다네. 처음부터 기세가 심상치 않아."

"스카이 포레스트가 요즘 얼마나 유명한지 모르는 거야? 유명 화장품 회사들과 어깨를 나란히 할 정도라고."

"에이! 그 정도는 아니지."

"이 사람아! 집에 가서 부인에게 밀크와 쿠션 톡톡에 대해서 물어봐. 대번에 어떤 화장품인지 알게 될 거다."

LA 한국일보의 판매량이 평소보다 엄청난 속도로 늘어났다. 가판대에 진열되어 있던 신문들이 빠른 속도로 팔려 나갔고, 결국 매진됐다.

이런 현상이 로스앤젤레스 도처에서 일어났다.

"지원해 봐야겠다."

슬럼가 뒷골목 구두닦이 청년 한 명도 LA 한국일보를 보면서 눈빛을 반짝거렸다.

안강모는 취직될 수 있다는 실낱 같은 희망을 품고 있었다.

미니스커트

  스카이 포레스트의 미국 시장 도전은 차준후의 계획 아래 주도면밀하게 진행됐다.

  국내에서 성공한 직영점 방식을 미국에서 적용하는 동시에 문화가 달랐기에 현지에 맞는 정책들이 필요했다.

  이런 부분은 토니 크로스를 비롯한 현지 직원들의 조언을 받아들여 적절하게 미래 지식과 혼합하였다.

  차준후는 무턱대고 움직이는 부류의 사람이 아니었다.

  현지 사정을 파악하고, 어떻게 움직일지 주변과 의견을 나누며, 미래 지식을 어떻게 활용할지 고민하며 최선이 될 수 있는 결정을 순간마다 내렸다.

  질서정연하게 돌아가고 있는 현실 속에서 미래 지식을 활용한다고 무조건 성공한다는 보장은 어디에도 없었다.

미래 지식으로 인해 역풍이 불어닥칠 수도 있는 일이었다.

미래에서 온 사람에게도 고민이 적지 않았다.

토니 크로스의 합류로 인해 여유가 생긴 차준후가 근래 가장 신경을 쓰고 있는 것이 바로 광고였다.

미국 기업들은 지하철이나 버스의 광고를 이용하기도 했으며, 옥외 광고판으로 좋은 효과를 보고 있었다.

매일 수많은 광고들이 홍수처럼 쏟아졌고, 어떻게 광고 하느냐에 따라서 시장의 점유율이 달라질 정도였다.

* * *

빅토리 스튜디오.

로스앤젤레스에서 광고 제작 업체로는 부동의 1위를 차지하고 있는 곳으로, 방송국 그리고 탑모델을 데리고 있는 에이전시들과 영화 제작사와도 연결되어 있었다.

감각적인 광고로 유명했는데, 최근에는 프랑스 화장품 회사의 립스틱을 광고해서 좋은 반응을 얻기도 했었다.

화려한 샹들리에 조명이 높이 매달린 호화스럽게 꾸며 진 실내에서 광고 감독과 기획자가 스카이 포레스트와의 약속을 위해 기다렸다.

"화장품 만드는 회사 사장이 광고 기획을 짜 온다고 하 다니, 건방지다고 생각하지 않나?"

이그나시오 카마초가 인상을 쓰면서 말했다.

광고 기획자로 지내 온 세월만 이십 년이 넘었는데, 이번 의뢰인과 같은 경우를 종종 겪어 보았다.

돈을 내는 것은 나니까, 내가 원하는, 내가 생각하는 방향과 그림으로 진행하자고 생떼를 부리는 그런 사람들.

광고에서 보여 주고자 하는 바를 기획하고 구체적인 아이디어를 창작하는 건 전문가의 영역이다.

시장 소비층과 고객을 파악하고, 광고의 콘셉트, 제작 일정을 관리하는 과정도 기획자이자 전문가인 자신들의 몫이다.

"뭐 그런 경우가 한두 번이야? 이번에도 그저 그런 놈이겠지."

광고 감독 파트릭 에버트가 불편한 기색을 내비쳤다.

감각적인 영상을 뽑아내려면 감독의 역량이 무엇보다 중요하지만, 광고 기획도 나름 만만치 않게 중요했다.

기획에 맞춰 스토리보드를 작성하고, 영상으로 촬영하기 때문이다.

광고 감독은 기획자의 의도를 아름다우면서 멋진 영상으로 구현하는 역할이었다. 이 과정에서 감독의 영상 제작 능력과 감각이 필요했다.

업체 최고 수준의 영상 제작 능력을 갖추고 있는 그라

고 해도 기획이 별로면 촬영에서 부족한 면을 드러낼 수밖에 없었다.

"광고를 모르면서 해 보겠다고 달려드는 애송이들이 너무 많지. 그러다가 하나같이 큰 피해를 보고 도망치고는 하잖아."

"광고 의뢰비를 많이 준다고 해서 약속을 잡았지만 기분이 불쾌한 건 사실이지. 엉망인 광고를 제작하면 내 명성이 떨어질 테니까."

"분명 형편없는 기획안을 가지고 올 테지."

"기다려 보자고. 기획안을 보고서 쓰레기 같다고 혹평하면 되니까."

"SF-NO.1 밀크를 가지고서 최고의 광고를 기획할 수 있어. 화장품 자체는 아주 빛이 나는 물건이야."

"동감이야. 꼭 광고로 제작하고 싶어."

두 사람이 욕망을 드러냈다.

엄청난 관심을 받고 있는 화장품을 광고로 만들면 주목받을 수밖에 없다.

광고 제작 의뢰는 많으나 사람들의 관심을 미친 듯이 빨아들일 수 있는 환상적인 물품들은 많지 않았다.

적당히 광고를 만들어도 쉽게 사람들의 시선을 끌어들일 수 있었는데, 로스앤젤레스 광고 제작 1위의 실력이 가미된다면 어떨까?

"내가 보여 준 기획안은 어땠어?"

이그나시오 카마초는 의뢰를 받자마자 피부 노화 방지 화장품에 대한 아이디어들이 잔뜩 떠올라서 스스로 생각해도 좋은 기획안들을 여럿 만들어 냈다.

"말하나 마나지. 최고였어! 기획안들이 다 좋아서 어떤 걸 선택해야 할지 모르겠더라고."

"파트릭! 화장품 광고에 스토리보드는 작성했어? 광고에 기용할 여배우는?"

이그나시오 카마초가 웃음을 지었다.

"얼마 전에 영화 제작을 마친 톱스타인 마릴과 접촉하고 있어."

"마릴이면 화장품 광고 메시지와 콘셉트에 어울리겠네."

광고에서 배우는 중요했다.

두 사람이 대화를 나누고 있을 때 문을 두드리는 노크 소리가 가볍게 들렸다.

문을 열고서 한 여인이 들어왔다.

"의뢰인을 모시고 왔습니다."

두 사람이 의뢰인을 반겼다.

약속 시간에 맞춰 차준후가 빅토리 스튜디오를 찾아왔다.

"만나서 반갑습니다. 광고 감독인 파트릭 에버트입니다."

"수석 광고 기획자로 일하고 있는 이그나시오 카마초입니다. 놀라운 화장품 밀크를 만든 장본인을 만나니 정말 기쁩니다."

"반갑습니다. 스카이 포레스트의 차준후입니다."

세 사람이 인사를 주고받은 뒤, 소파에 앉아서 본격적인 이야기를 시작했다.

"빅토리 스튜디오에 광고를 의뢰해 주신 것에 감사드립니다. 최고의 광고로 보답할 수 있도록 노력하겠습니다."

"지금껏 다양한 의뢰주들이 찾아왔는데, 모두 만족하고 돌아갔습니다."

"이번 밀크에 대한 광고 기획안을 직접 가지고 오신다고 들었습니다. 지금 볼 수 있겠습니까?"

"여기 광고 기획안 서류입니다."

차준후가 일곱 장으로 구성된 기획안을 건넸다.

이번 광고에 큰 공을 들이고 있었는데, 다른 사람의 힘을 빌리지 않고 직접 모든 걸 만들어 낸 기획안이었다.

차준후 역시 소비재 산업은 광고 의존율이 높다는 것을 알고 있었다.

그 가운데 화장품은 광고에 따라 화장품 매출의 자릿수가 바뀔 정도였다.

품질이 부족하더라도 광고에서 대단한 반응을 일으키

면 시장에서 가장 잘 팔리는 제품으로 올라설 수 있었다. 이 때문에 화장품 경쟁은 광고 싸움으로 정해진다는 말이 업계에서 돌아다니고 있었다.

잘나가는 화장품 회사들마다 홍보실을 두고 있는 이유이기도 했다.

출시하는 제품마다 세계 최고이지만 이것을 소비자들에게 확실히 각인시키기 위해서는 광고가 중요했다.

솔직히 스카이 포레스트의 화장품을 아는 사람보다 모르는 사람이 더욱 많았다.

사람들의 머리에 송두리째 스카이 포레스트라는 이름을 각인시키기 위해 차준후는 미국 사회에 엄청난 충격을 던지려 하고 있었다.

"보통은 스튜디오에서 모든 걸 도맡아서 하는데, 사장님은 기획안을 직접 만들어서 오셨네요. 살펴봐도 되겠습니까?"

이그나시오 카마초가 웃으며 말했다.

그의 말투는 담담했지만, 그 안에는 묘한 불편함이 깃들어 있었다.

자신의 영역을 침범당한 짐승의 텃세라고 할까?

"물론입니다."

차준후 역시 그런 기운을 느꼈으나, 평온한 표정을 유지했다.

결국 밀크 광고의 결정권을 쥔 최고 책임자는 바로 자신이었으니 말이다.

이그나시오 카마초가 광고 기획안을 신중하게 읽기 시작했다.

그 옆에서 파트릭 에버트가 함께 살펴보고 있었다.

"밀크를 먹지 말고 피부에 양보하세요? 이런 문구는 시청자들에게 이질적으로 작용합니다. 말장난처럼 들리기에 빼야만 합니다."

이그나시오 카마초가 기획안을 보자마자 곧바로 지적하고 나섰다.

의뢰인이 가지고 온 기획안은 기존 광고들과 달랐다.

살펴볼수록 이질적인 부분이 너무 많이 보였다.

지금까지 성공한 모든 화장품 광고는 서정적인 아름다움을 극도로 절제해서 보여 주었다.

광고 기획 전문가로서 파격적으로 구성된 기획안을 받아들이기 힘들었다.

"그래요?"

"미니스커트는 무조건 빼야 합니다. 외국에서 오셔서 허벅지를 드러내는 짧은 치마가 얼마나 부도덕한지 모르시나 본데, 이런 치마를 광고에 사용했다가는 형편없다는 취급을 당하고 맙니다."

미니스커트가 1950년대 후반부터 미국에서 인기를 끌

고 있었지만, 부도덕하다는 비난에 시달리고 있었다.

물론 차준후는 미니스커트가 가져올 파급력을 확실히 알고 있었다.

"그렇군요."

"가지고 오신 광고 기획안은 사용할 수가 없습니다."

"미니스커트를 입은 모델들이 나오는 광고는 대단한 파급력을 줄 겁니다."

"파급을 주기는 하겠지요. 좋지 않은 쪽으로요. 미니스커트는 천박합니다."

미니스커트는 여성의 새로운 해방을 대표하는 패션 아이템이다.

"변하지 않고 답습하는 취향은 죽은 거나 마찬가지입니다. 천박하다고 말하는 미니스커트는 강한 생명력을 가진 거죠. 미니스커트가 여성들의 다리를 해방시켜 줄 겁니다."

"치마는 길어야만 합니다. 허벅지를 가릴 수 있게 길어야만 치마라고 불릴 수 있습니다."

여인들은 치마를 입으면서 허벅지를 가려서 드러내지 않아야 한다.

미니스커트를 입고 다니는 여성들이 종종 눈에 띄지만 천박하다고 비난받는 경우가 많다.

부도덕한 치마!

역겨운 미니스커트!

실제로 중절모를 쓴 신사들이 지팡이를 들고 때리려고 하는 경우까지 자주 발생한다.

"고정관념일 뿐입니다. 앞으로 여성들은 치마를 아주 짧게 입을 거고, 더 짧은 초미니스커트까지 원하게 될 겁니다."

차준후가 모델에게 입힐 미니스커트는 단순히 짧은 치마가 아니었다.

기하학적이면서 새로운 패브릭 소재를 사용한 현대적인 미니스커트였다.

길거리에서 여인들이 입고 다니는 밋밋하면서 멋대가리 없는 미니스커트와 달리, 경쾌하면서 세련된 면이 번쩍이는 제품이다.

길거리패션의 선구자이면서 동시에 현대 의류의 길을 열어젖힐 수 있는 미니스커트였다.

"감독님도 같은 의견입니까?"

차준후가 조용히 대화를 듣고 있던 파트릭 에버트에게 물었다.

"……네. 미니스커트 입은 모델의 영상은 제작할 수 없습니다."

흠!

미니스커트가 주는 엄청난 파급력을 광고 제작자들이

간과하고 있었다.

여인들의 다리에 자유를 선사한 미니스커트!

꽁꽁 감싸고 있던 하반신을 세상에 보여 주는 건 시대적 흐름이자 자유의 상징처럼 떠오른다.

세계적 유행과 새로운 문화를 만들어 내는 패션 아이템이 바로 미니스커트였다.

광고 제작 관계자들이라면 열린 시각을 가지고 패션에 접근해야 하는데, 근시안적이면서 고리타분한 고정관념에 사로잡혀 있었다.

"제가 광고 기획안을 고집한다면 어떻게 됩니까? 논란은 광고에서 커다란 힘으로 작용할 수도 있습니다."

이번 광고의 핵심은 바로 미니스커트가 일으키는 논란이었다.

노이즈 마케팅!

밀크와 회사를 알리기 위해 미국 전역에 엄청난 논란을 고의로 일으키는 것이 바로 이번 광고의 핵심이었다.

"논란은 불필요한 문제를 일으킬 뿐입니다. 그런 광고 제작 의뢰를 받아들일 수 없습니다."

미니스커트를 비롯한 기획안을 두고서 이견이 벌어졌다.

"앞으로는 자유를 맞이하는 다리의 시대가 올 겁니다."

차준후가 앞으로 올 시대를 이야기했다.

1960년대는 다리의 시대라고도 이야기하는데, 전통적인 스타일을 벗고 화려하게 탈바꿈하는 시기이기 때문이다.

미국 사회 전반적으로 미니스커트 등의 새로운 물결이 일어나는 반항기 넘치는 격동의 시기이기도 했다.

기존의 순종적인 성격이 아닌 활달하고, 진취적이면서, 사회 전선에 뛰어드는 여인들이 급격히 늘어난다.

"여성의 허벅지를 비롯한 하반신은 치마 아래 가려져 있어야 합니다. 화장품 광고는 아름다운 여인의 모습을 보여 주면서 구매 욕구를 불러일으키게 해야 하는데, 부도덕한 미니스커트와 이런 멘트는 말장난으로 받아들일 가능성이 높습니다. 맡겨 주신다면 전문가인 저희가 제대로 된 기획안을 작성해 드리겠습니다."

최고의 전문가들이 모여 있는 빅토리 스튜디오는 돈만 준다고 해서 광고를 제작하지 않는다.

높은 명성에 어울리는 광고들만 제작한다.

프로를 자처하는 스튜디오 사람들은 자신들의 기준을 통과한 기획안만 광고로 제작했다.

"시대를 앞서 나가는 광고입니다."

차준후가 미래를 모르는 파트릭 에버트와 이그나시오 카마초에게 친절하게 알려 줬다.

"너무 앞서 나가려고 하다가 결국 시장에서 외면당합

니다. 예술은 대중성을 띠고 있어야 합니다. 이 기획안은 시기상조라고 봅니다."

광고는 종합 예술이었다.

파격적이기만 한다고 해서 무조건 성공하는 게 아니다.

소비자들의 공감을 이끌어야 하는데, 두 사람이 볼 때 이 기획안은 아니었다.

"논란을 일으키는 미니스커트를 배제해서 제작해도 충분히 좋은 광고를 만들어 낼 수 있습니다. 스카이 포레스트의 화장품 광고를 빅토리 스튜디오에 전적으로 맡겨 주십시오."

"환상적이며 제대로 된 영상 광고를 만들어 드리겠습니다."

이그나시오 카마초와 파트릭 에버트는 자신들의 만든 기획안을 보여 주었다.

혁신적인 화장품을 아름다운 광고에 녹여 낼 자신감으로 넘쳤다.

우수성이 입증된 스카이 포레스트 화장품들은 많은 여성들로부터 뜨거운 관심을 받고 있었다.

광고를 내보내기만 하면 대중의 눈길을 사로잡아 제작자로서의 명성을 더욱 높일 수 있다는 소리였다.

광고 덕분에 미국 전역에서 유명세를 치를 수도 있었다.

광고 한 편으로 단번에 인생이 바뀌는 게 가능했다.

"이래서는 다른 광고들과 차별화가 부족합니다. 사람들의 기억에 확실하게 남는 광고가 필요합니다."

차준후가 그들의 기획서를 살펴보았으나, 너무 무난하기 그지없는 수준이었다.

아무리 그들의 능력이 뛰어나더라도 차고 넘치는 광고 시장에서 눈에 띄지 못할 것만 같았다.

"제 기획안으로 광고를 제작할 곳을 찾고 있습니다."

두 사람의 호소에도 불구하고 차준후가 의지를 굽히지 않았다.

그도 그럴 것이 사람들로부터 야기될 미니스커트 논란이 바로 이번 광고의 핵심이었다.

그걸 빼놓으면 이번 기획안 자체의 의미가 퇴색된다.

뜨거운 논란 속에서 SF-NO.1 밀크가 화려하게 빛나게 되리라!

"음! 이대로 가면 실패가 보인다니까요. 제 말을 들어보세요. 이 기획안으로 제작하면 사람들이 유치하면서 더러운 광고라고 조롱할 겁니다."

"다른 건 몰라도 미니스커트는 무조건 빼야만 합니다. 실패하는 걸 뻔히 알면서 그대로 제작할 수는 없는 노릇이지요. 생각을 바꾸시는 게 현명한 길입니다."

이그나시오 카마초와 파트릭 에버트는 광고를 모르는

차준후에게 기획안의 잘못된 부분을 조목조목 짚었다.

그들이 말이 통하지 않는 의뢰주에게 이렇게 공을 들인 적이 없었다.

광고 제작 물건인 SF-NO.1 밀크가 그만큼 매력적으로 끌리기 때문이었다.

"무슨 이야기인지 알겠습니다."

두 사람의 말을 경청하면서 1960년대 미국 광고에 대해 자세히 알게 된 차준후였다.

"이야기가 통해서 다행이네요. 입 아프게 떠든 보람이 있습니다. 이제 계약서를 작성하시죠."

시대의 흐름을 두 사람은 광고 전문가라는 이유를 내세우며 외면했다. 격렬하게 반대한다고 해도 헛된 발버둥에 그치고야 마는 어리석은 짓이었다.

"제 기획안을 바탕으로 한다면 계약서를 쓰겠습니다."

차준후는 확신을 가지고 있었다.

광고는 시대에 영향을 받는 게 사실이지만 어느 때를 막론하고 새로운 시도를 하는 선구자가 있기 마련이었다.

시대를 앞서 나간 선구자는 비난을 받기도 하지만 결국 대단한 인정을 받는다.

차준후의 머릿속에는 시대를 앞서 나갔으면서도 큰 성공을 거둔 광고 기획안들이 넘쳐 났다.

"말이 통하지 않는군요. 이런 식으로 나오면 함께 일하기 어렵습니다."

신경을 써가면서 설명해 줬는데도 불구하고 고집을 꺾지 않는 모습에 파트릭 에버트와 이그나시오 카마초가 불쾌함을 드러냈다.

"아쉽지만 어쩔 수 없지요. 다음에 기회가 닿으면 함께하기를 바랍니다."

비록 이번에는 연이 닿지 않았지만 차준후는 전문가들이 모여 있는 빅토리 스튜디오에서 아름다운 광고 영상을 찍기를 희망하고 있었다.

"지금처럼 나오면 앞으로도 함께할 일은 없습니다. 그리고 충고하는데, 기획안대로 광고를 찍으면 분명히 후회할 겁니다."

순순히 시키는 대로 하라는 소리였다.

"그런 편협한 시선으로 새로운 문화를 외면하는 건 어리석은 일입니다. 방송을 비롯한 모든 분야에서 시대를 앞서 나가지 못하고 정체된다는 건 퇴보하는 거나 다름없습니다."

자리에서 일어난 차준후가 조언해 줬다.

광고 제작 의뢰가 불발되었지만 나름 좋은 마음으로 설명해 준 걸 되돌려주는 의미였다.

"네? 무슨 소리입니까?"

"미니스커트는 시대적 흐름입니다. 방송계에 몸담고 있으면 왜 이런 흐름이 왔는지 살펴봐야 하지 않겠습니까?"

"말이 통하지 않는군요."

"후회할 겁니다."

두 사람이 고개를 절레절레 저었다.

"누가 후회할지는 두고 봐야 알겠지요. 스카이 포레스트의 광고를 브라운관에서 직접 보세요. 그리고 광고로 인해 일어나는 일련의 사태를 살펴보시고요. 거기에서 깨우치는 바가 있었으면 좋겠습니다."

어처구니가 없다는 표정의 두 사람을 뒤로한 차준후가 마지막 말을 끝으로 빅토리 스튜디오를 벗어났다.

차준후는 빅토리 스튜디오와 인연이 아니라는 걸 알게 됐다.

로스앤젤레스에 광고 제작 업체는 많았기에 미련 없이 발걸음을 돌려서 나왔다.

"흠! 기획안이 퇴짜 받을 줄을 몰랐는데……."

차준후가 주차장으로 걸어가면서 중얼거렸다.

잘나가는 빅토리 스튜디오의 전문가라면 충분히 기획안의 파급력을 알아볼 거라 생각했는데 고정 관념이 너무 강했다.

"사무실로 돌아가서 다른 업체를 찾아봐야겠네."

해변도로를 타고 시원하게 달리던 차가 신호등에 걸려서 멈췄다.

파도치는 바다의 풍경을 잠시 바라보던 차준후의 눈에 밀레니엄 스튜디오라는 간판이 우연히 들어왔다.

"밀레니엄 스튜디오?"

허름한 건물 3층 간판에서 차준후의 시선이 떨어지지 않았다.

빵!

뒤차에서 경적 소리가 들려왔다.

황급히 고개를 돌려보니 신호등이 파랗게 바뀌어 있었기에, 차량을 허름한 건물 주차장으로 이동시켰다.

"여기가 정말 밀레니엄 스튜디오일까?"

밀레니엄 스튜디오는 미국 영화사에 커다란 발자취를 남기는 제작사이다.

전설로 남는 영화들을 잔뜩 제작하는 업체로, 밀레니엄 스튜디오 제작 영화라면 믿고 볼 수 있다는 말이 따라붙을 정도이다.

그런 밀레니엄 스튜디오가 이런 허름한 건물 3층에 있다고?

임준후로 살던 시절, 밀레니엄 스튜디오의 영화를 영화관이나 비디오로 보면서 적잖은 시간을 보냈었다. 나름 친숙하다면 친숙한 업체였다.

"실례합니다. 계십니까?"

차준후가 3층까지 올라가서 밀레니엄 스튜디오의 문을 두드렸다.

깔끔한 실내에는 카메라를 비롯한 방송 관련 자재들이 설치되어 있었다.

다양한 소품들이 한쪽 벽에 가득 채워져 있었고, 천장에 조명이 설치되어 있어 촬영이 가능한 세트장까지 보였다.

실내가 작지만 필요한 건 다 있는 스튜디오 공간이었다.

"어떻게 오셨습니까?"

"지나가다가 스튜디오가 보여서 광고 제작 의뢰가 가능한지 물어보기 위해 들어왔습니다."

"잘 오셨습니다."

이십 대를 살짝 넘은 것처럼 보이는 젊은 청년이 반갑게 맞이해 줬다.

"차준후입니다."

"라운이라고 합니다."

"라운 감독님?"

영화 시상식에서 자주 등장하던 중후한 중년인이 아닌 젊은 라운이었다.

밀레니엄 스튜디오는 차준후가 알고 있던 영화 제작사

가 맞았다.

스티블 잡스가 창고에서 창업한 것처럼 라운의 밀레니엄 스튜디오도 산타모니카 해변의 허름한 건물에서 시작된 것이었다.

"하하하! 아직 감독이라고 불릴 정도는 아닙니다."

명문대학교 경영학과를 부모님 몰래 중퇴하고 좋아하는 영화 제작을 위해 뛰어든 라운이었다.

"어떤 광고 제작 의뢰입니까?"

"화장품입니다."

"화장품! 좋지요. 어떻게 제작하실 생각인지요?"

"광고 기획안을 가지고 왔습니다. 한 번 읽어 봐 주시죠. 마음에 들지 않으면 제작을 거절해도 괜찮습니다."

"잠시 살펴보겠습니다."

라운이 건네받은 광고 기획안을 처음부터 끝까지 신중하게 읽어 나갔다.

첫 장을 살펴보는 순간 푹 빠져들었다.

광고학의 이론을 모르는 일반인이 작성한 기획안이었지만 보는 순간 머릿속으로 내용이 쏙쏙 들어왔다.

'미니스커트라! 짧은 치마를 입은 여인이 등장하는 광고? 길거리에서 입고 다니는 여성들을 종종 보기는 하는데, 이것이 기획안에 기술된 것처럼 엄청난 파급력이 있을까?'

기획안을 모두 살피고 난 뒤 잠시 눈을 감고 생각에 빠져들었다.

감독으로서 어떻게 촬영할지 그리고 그 영상들이 머릿속에 그려졌다.

필름을 영사기에 틀어 놓은 것처럼 한 편의 영상이 선명하게 스치고 지나갔다.

순간 간질간질한 느낌을 받아야만 했다.

'폭발적인 논란을 불러일으킬 것 같다. 사회를 찢어 버릴 충격이 일어날 수도 있어. 무조건 뜬다!'

미니스커트에 대한 반감이 강한 사회에 보란 듯이 내던지는 광고!

기존의 고정 관념을 가진 대다수 사람들과 싸우자는 이야기나 다름없었다.

라운이 눈을 번쩍 떴다.

"일부러 논란을 불러일으키는 겁니까?"

"맞습니다. 전문 용어로 노이즈 마케팅이라고 합니다."

상품을 판매할 목적으로 뜨거운 이슈를 내세워 소비자들의 이목을 집중시키는 마케팅 기법이었다.

"허허허! 관심이 높아질 대로 높아진 SF-NO.1 밀크 화장품에 노이즈 마케팅이라! 광고계를 찢어 버릴 정도의 위력을 발휘할 겁니다."

논란 속에서 최고의 성적을 내겠다는 놀라운 발상이었다.

사람들이 비난하는 수많은 이야기들은 결국 유명세에 힘을 실어 줄 뿐이었다.

"누가 기획안을 작성했는지 모르겠지만 파격적이네요."

눈을 뜨면서 내뱉은 그의 이야기는 빅토리 스튜디오에서 들었던 것과 같았다.

"제가 작성했습니다."

"혹시 홍보실에서 일하시는 분입니까? 이 정도 대단한 실력을 가지고 회사 홍보실에서 일하는 건 엄청난 손해입니다. 저와 함께 일하는 건 어떻겠습니까? 지금은 허름하고 부족해 보일지 몰라도 나중에는 영화계에서 잘나갈 수 있다고 확신합니다."

라운은 미친 기획력을 보여 주는 차준화와 함께 영화 일을 하고 싶었다.

영화도 결국엔 상품으로서 사람들의 이목을 집중시켜야만 한다.

노이즈 마케팅으로 영화를 선보이면 논란과 관심의 대상이 될 수 있다는 걸 배웠다.

지금껏 영화만 잘 만들면 사람들이 알아줄 거라던 그의 시각에 커다란 변화가 일어나고 말았다.

차준후의 뛰어난 마케팅 수완은 미래에 성공할 감독에 대해 엄청난 영향을 끼쳐버렸다.

"……홍보 관련 일도 하는 사장입니다. 회사에 홍보실에 없어서, 여러 가지 일들을 처리하고 있는 실정입니다. 안타깝지만 제가 밀레니엄 스튜디오에서 일할 수는 없습니다."

차준후가 지갑에서 명함을 꺼내어 건넸다.

"당연히 그러셔야죠. 광고 제작 능력까지 갖춘 대단한 사장님이셨군요. 제가 창업한 지 얼마 안 돼서 아직 사람을 잘 알아보지 못합니다. 죄송합니다."

벌떡 일어난 라운이 고개를 구십 도로 숙였다.

자존심이 강하기로 유명한 사람이었는데…….

창업 초창기의 라운은 의뢰주 앞에서 기름을 바른 것처럼 무척 유했다.

성공하고 난 뒤에 성격이 변하거나 원래 성격을 드러내는 모양이었다.

브라운관에서만 봤던 유명했던 사람의 색다른 면을 바라보면서 차준후가 신기해하였다.

"들어오실 때부터 남다른 분위기를 뿌리셔서 단번에 알아봤습니다. 이번 광고! 제가 제작하고 싶습니다. 꼭 제게 맡겨 주십시오."

라운이 의욕을 마구 드러냈다.

"광고 제작을 한 경험은 있으십니까?"

"아니요. 보조 촬영 감독으로 영화판에서 일 년 일했을 뿐입니다. 지금도 일이 있으면 곧바로 달려 나가고는 합니다."

"감독 경험은요?"

"제가 연출에 대해서는 공부를 많이 했습니다."

"한 번도 없다는 말씀이군요."

"……네. 대학교에 다니면서 영상에 꽂혀 미친 듯이 배우고 있는 중입니다."

명문대학교를 중퇴하고 영화 제작자로 나서게 된다는 라운의 이야기를 들었던 차준후였다.

대학교 중퇴 때문에 부모님과 의절까지 하는 상황이 벌어지지만, 라운은 꿋꿋이 자신의 길을 걸어갔고, 결국 커다란 성공을 일궈 냈다.

이제 막 영상을 배우는 사람에게 광고 제작을 의뢰한다는 건 사실 불가능에 가까운 일이었다.

라운이라고 해도 똑같은 이야기를 들으면 의뢰를 맡기지 않았을 테니까.

당장 차준후가 자리에서 일어난다고 해도 붙잡을 수가 없었다.

제12장.

사만다 윌치

사만다 월치

"감독님이라면 이번 광고를 어떻게 제작하시겠습니까? 빅토리 스튜디오에서는 미니스커트를 비롯해서 파격적인 내용 때문에 광고 제작을 거절당했습니다."

차준후가 라운에게 물었다.

"보편적인 가치관을 박살 내는 파격적인 광고이기에 좋은 겁니다. 미니스커트를 입혀서 광고하자는 기획안에는 시대를 앞서 나가는 가치관이 담겨 있다고 봅니다."

라운이 여성의 시대적 변천에 대한 흐름을 정확하게 잡아냈다.

역시 감각이 남다른 감독이었다.

"제가 생각하는 바가 그겁니다."

"파격적인 광고는 모델이 중요합니다. 생각하고 있는

모델이 있습니까?"

희망을 품고서 자신이 생각하는 광고 제작에 대한 이야기를 풀어 나갔다.

"톱스타를 생각하고 있습니다."

차준후는 이번 광고에 금액을 아끼지 않을 생각이었다.

유명한 톱스타를 섭외하면 사람들의 관심을 끌기에 유리했다.

당대 최고의 톱스타를 모델로 동원하는 전략은 화장품 광고의 주류를 이루고 있었다.

화장품 광고 모델이 되어야만 최고의 여배우라는 말을 들을 수 있을 정도였다.

"안정적으로 효과를 볼 수 있는 선택이지요. 그런데 저는 신선한 얼굴을 가진 신인을 파격적으로 고용하는 것도 괜찮다고 생각합니다."

라운이 다른 의견을 제시했다.

"신인이라고요? 인지도를 생각하면 손해 아닙니까?"

"충분히 그렇게 생각할 수 있습니다. 하지만 스카이 포레스트의 광고 기획은 파격적이지 않습니까? 파격에 파격을 더하는 겁니다."

"파격에 파격을 더한다."

"신인을 섭외해서 파격적으로 연출하면 파괴력이 더

늘어날 게 분명합니다. 물론 톱스타의 자질을 갖춘 신인이어야 한다는 조건이 붙습니다."

라운이 자신의 의견을 적극적으로 어필했다.

"음, 톱스타의 자질을 갖춰야 한다…… 무슨 의미인지 이해가 갑니다."

차준후가 신인여 배우가 테크노춤을 추던 성삼전자의 광고를 뇌리에 떠올렸다.

현란하게 춤추던 여배우는 사람들의 뇌리에 각인됐고, 결국 최고의 여배우 가운데 한 명으로 우뚝 올라섰다.

수많은 배우 지망생들 가운데 사람들에게 주목받게 되는 자들은 소수다. 그리고 사람들에게 이름을 알리지만 톱스타로 올라서는 배우들은 정말 손에 꼽을 정도로 줄어든다.

어떤 배우가 성공할지 알아보는 건 업계에서 종사하는 사람들에게도 쉽지 않은 일이었다.

"무엇보다 톱스타들이 이런 파격적인 광고를 찍을 리가 없으니까요. 톱스타가 될 신인만 섭외할 수 있다면 이번 광고를 전설로 회자되게끔 만들어 보겠습니다!"

"혹시 알고 있는 신인이 있을까요?"

"……그걸 알면 제가 여기에 있지 않고, 저기 할리우드에서 벌써 영화를 찍고 있었겠죠."

말만 꺼냈을 뿐, 영화 제작자 겸 감독을 꿈꾸고 있는

라운도 방법이 없었다.

사실 최선의 방법을 거론했을 뿐 그저 생각으로만 머물 뿐이었다.

거액의 비용을 지불해 가면서 톱스타를 기용하는 데에는 안정적이면서 뛰어난 광고 효과를 볼 수 있다는 측면이 컸지만, 신인을 잘못 섭외했다가는 광고가 망할 수도 있었다.

그리고 무엇보다 라운의 말처럼 아무리 많은 돈을 지급한다고 하더라도 자신들이 원하는 톱스타가 논란이 될 만한 광고를 찍지 않을 가능성도 높았다.

지금 당장 미국에서는 미니스커트가 천박하다는 취급을 받고 있으니 말이다.

"음! 저도 한 번 알아보겠습니다."

다른 사람은 몰라도 차준후는 톱스타가 될 신인들을 알아볼 수 있었다.

무명이지만 미래에 유명해질 배우들을 선택하기만 하면 되는 일이었다.

"좋은 신인을 알고 있는 겁니까?"

"이제부터 찾아봐야죠. 제가 눈썰미가 좋습니다. 지망생들의 포트폴리오를 보면 톱스타 자질을 갖춘 배우를 찾아낼 수 있습니다."

"……네."

라운은 힘이 빠졌다.

잘 아는 배우 지망생이 있는 것도 아니고, 포트폴리오만으로 찾는다니?

업계 전문가들도 하지 못하는 일을 일반인이 할 수 있다니, 미약하게나마 믿어 보려고 했는데 그나마 가지고 있던 신뢰도 사라졌다.

"제가 입이 떡 벌어질 놀라운 신인을 데리고 오겠습니다."

시원치 않은 반응에 차준후가 다시 한번 자신감을 확실히 드러냈다.

"……네. 기대하고 있겠습니다."

말과는 달리 여전히 기대감이 눈곱만치도 생기지 않는 라운이었다.

"여섯 시가 넘었는데, 저녁 식사나 함께하러 나갑시다."

"그러죠."

"제가 살 테니까, 맛있는 곳으로 안내해 주세요."

"비싼 곳도 괜찮습니까?"

"맛만 보장된다면."

"가시죠."

두 사람이 스튜디오를 벗어나 비싼 음식점으로 향했다.

* * *

커피숍에서 일하고 돌아온 사만다 윌치가 우편함을 살펴보았다.

"없네."

오디션을 보러 다니고 있는 그녀가 텅 비어 있는 우편함을 보면서 안타까워했다.

이번 달에 들어서 도전한 오디션만 열 개가 넘었다.

"이번에는 될 줄 알았는데……."

심사위원들의 반응이 있는데도 불구하고 어느 곳에서도 합격했다는 연락 하나 오지 않았다.

심사에서 괜찮은 점수를 받고 있었지만 아슬아슬하게 떨어지고 있었다.

이대로 무명의 세월이 길어지다가 영원히 데뷔조차 못하고 포기하게 될까 봐 두려웠다.

"아니야. 꼭 성공하겠다고 집에 이야기하고 올라왔잖아. 힘을 내자."

그녀는 영화와 드라마에 출연할 단역 자리를 꿰차겠다는 의지를 불태웠다.

도전하지 않으면 어차피 아무것도 시작되지 않는다.

오디션에서 떨어지는 것은 자연스러운 일이며, 다른 지

망생들과의 경합에서 패배하더라도 두려워하지 않고 도전하면 언젠가는 좋은 결과가 나올 거라고 스스로를 위안했다.

"아! 언니들이랑 일하러 갈 시간이잖아!"

그녀가 황급히 산타모니카 해변으로 가는 버스를 타기 위해 뛰어갔다.

* * *

라운과 헤어진 차준후가 산책을 겸해서 해변을 걷고 있을 때였다.

쿵! 쿠웅! 쿵!

빠르고 경쾌한 음악 소리가 요란하게 들려왔다.

"꺄아아악!"

"누나! 최고예요."

"엠마! 춤 잘 추는 당신이 아름다워요."

산타모니카 해변의 작은 무대를 중심으로 사람들이 모여서 박수와 함께 소리를 질러 댔다.

무대 위에서 짧은 반바지와 탱크톱을 걸친 5명의 여인들이 열정적으로 춤을 추고 있었다.

눈부신 미모를 자랑하는 젊은 여인들의 춤은 사람들의 시선을 빨아들이는 매력이 넘쳤다.

어차피 나아가는 방향이기도 했고.

다섯 명의 여인들이 뿌려 대고 있는 매력에 빠져든 차준후의 발걸음이 무대로 향했다.

격정적인 춤을 추고 있는 그녀들의 몸에서 흘러내린 땀방울이 황혼에 비춰서 번들거렸다.

솔직히 보기 좋은 광경이었다.

차준후가 순수하게 여인들의 춤을 감상하면서 걸음을 멈추지 않았다.

그냥 작은 무대를 지나쳐 가려고 하는 순간.

가장 왼쪽에서 춤을 추고 있는 여인을 목격한 순간 기묘한 감각이 머리를 치고 지나갔다.

"어디서 본 여인인데……."

춤 실력이 다섯 여인들 중 가장 떨어지는 여인에 시선을 집중시켰다.

발걸음까지 멈췄다.

시선이 마주쳤다는 사실을 알아차린 여인이 차준후를 향해 환하게 웃었다.

"아!"

차준후가 그녀가 왜 익숙한지 깨달았다.

전생에 몇 번이나 즐겨봤던 영화 가운데 쇼생크 대탈출이라는 작품이 있었다.

그 작품에 등장하는 여인이었다.

아니, 직접 등장하는 게 아니라 작품 속 시대를 보여주는 주요 소품인 비키니 포스터라고 해야 정확하다.

"이름이 뭐였더라?"

미국을 대표하는 섹시 스타 배우라는 건 알았지만 정작 당사자의 이름을 차준후가 몰랐다.

"사만다 월치! 아름다워요."

"휘이익! 정말 멋진 그대의 몸매에 푹 빠져들 것만 같아요."

하반신에 수영복만 걸친 남자들이 사만다 월치를 보면서 환호하고 있었다.

"사만다 월치였구나."

차준후가 앞으로 섹시 스타가 될 배우의 정확한 이름을 인지했다.

아직은 무명이지만 1966년 공룡 천만년으로 커다란 유명세를 타게 될 사만다 월치가 해변에서 춤을 추고 있었다.

"찾았다. 톱스타의 자질을 갖춘 초대형 신인!"

차준후가 발걸음을 멈추고 무대에 집중했다.

그의 머릿속에 쇼생크 대탈출과 미국의 드라마들이 파도처럼 스치고 지나갔다.

사만다 월치는 쇼생크 대탈출 포스터로 큰 화제를 모으며 시대의 아이콘으로 등극한다.

이후, 수많은 영화와 드라마에 출연하여 대중적인 인기를 끌게 되는 사만다 월치는 섹시한 몸매와 함께 신선한 외모가 강점이었다.

한때 미국 남성들이 가장 선망하는 여성으로 선정되기도 했다.

엄청난 잠재력을 가지고 있는 사만다 월치였다.

"지금까지 파이브 핑거의 무대를 지켜봐 주셔서 감사합니다. 다음 주 월요일에 다시 만나요."

파이브 핑거, 다섯 손가락의 무대가 끝났다.

삼 개월 전에 뮤지컬과 영화배우를 꿈꾸는 다섯 여인들이 모여서 파이브 핑거를 만들었다.

그 이후, 일주일에 한두 번씩 꾸준히 해변의 간이무대에 올랐다.

구슬땀을 흘린 여인들이 큼지막한 라디오를 들고서 무대에서 내려왔다.

"잘 봤어요."

"좋은 무대였어요."

구경하고 있던 사람들이 흩어지는 가운데 일부는 여인들에게 접근했다.

"좋은 무대였습니다. 술집에서 술 한잔하면서 대화할 수 있을까요?"

"개인적으로 당신에게 호감을 가지고 있습니다. 진지

하게 만남을 신청합니다."

남자들의 접근에 여자들이 얼굴을 찌푸렸다.

자신들을 알리려고 매주 해변 간이무대에서 춤을 추고 있었는데, 부작용도 자연스럽게 따라왔다.

"개인적으로 할 이야기가 없어요. 저희가 시간이 없어서 가봐야 해요."

다섯 여인이 남자들을 뚫고서 무대에서 빠른 걸음으로 멀어져 갔다.

"쳇! 예쁜 건 알아서."

"치근덕거리는 남자들이 자꾸 늘어나고 있어. 다음부터는 오빠들이라도 데리고 와야겠어."

여성들이 움직이고 있을 때 남성 한 명이 따라붙었다.

"왜 자꾸 따라오는 건가요? 이러면 경찰을 부를 수도 있어요."

가장 나이 든 여성이 검은 머리카락을 지닌 남성을 노려보았다.

"경찰을 불러도 좋지만 제 이야기를 먼저 들어 주시면 좋겠군요. 사만다 월치라는 분을 광고 모델로 기용하고 싶습니다."

"네?"

다섯 여인의 눈동자가 일제히 부릅떠졌다.

"제 명함입니다. 들어 보셨을지 모르겠는데 스카이 포

레스트라는 회사를 운영하고 있는 사장입니다."

차준후가 사만다 윌치에서 명함을 내밀었다.

"스카이 포레스트면 SF-NO.1 밀크를 출시한 회사 아닌가요?"

명함을 받아 든 사만다 윌치가 물었다.

근래 미국을 뜨겁게 달구고 있는 화장품을 구하려고 했기에 잘 알고 있었다.

돈이 없어서 정작 구입하지는 못했지만, 스카이 포레스트와 회사 사장에 대해서는 알게 됐다.

연예계에서 일하고 싶어 하는 그녀는 평소 미용에 대한 관심이 많았고, 미용 관련 프로그램인 뷰티 월드를 즐겨 보는 시청자이기도 했다.

뷰티 월드에서 방영된 방송에서 차준후의 얼굴을 보았던 적도 있었다.

"맞습니다."

차준후가 환하게 웃었다.

스카이 포레스트를 알고 있었기에 이야기하기가 편해졌다.

"무명인 저를 광고 모델로 기용하고 싶다고요? 포스터에 실리는 단순한 지역 광고인가요?"

"아닙니다. SF-NO.1 밀크를 알리는 전국적인 광고 모델입니다. 방송을 통해 대대적으로 선전할 생각입니다."

"정말인가요?"

사만다 윌치가 갑작스러운 일에 놀라며 두 눈을 크게 떴다.

가수 겸 배우로서 성공하기 위해 고향인 시카고의 한적한 시골에서 로스앤젤레스까지 날아왔지만, 무척 힘겨운 나날이었다.

낮에는 커피숍에서 알바를 하며 생활비를 벌고 있었고, 밤에는 마음에 맞는 언니들과 함께 활동하며 영화나 드라마 무대에 올라서는 날을 꿈꿨다.

무대의 작은 단역도 따내지 못하고 있는데, 갑작스럽게 전국을 대상으로 한 광고 모델이라니.

꿈에서도 생각하지 못했던 일이었다.

"거짓말이 아닌 진짜인 거죠?"

이 바닥에는 사기꾼들이 넘쳐 난다.

달콤한 거짓말에 속아 신세를 망친 여인들을 주변에서 흔하게 볼 수 있었다.

"밀레니엄 스튜디오로 가시면 제 말을 증명해 드릴 수 있습니다."

차준후가 한쪽을 손가락으로 가리켰다.

"거기라면 어디인지 알아요."

사만다 윌치가 반색했다.

배우를 꿈꾸고 있는 그녀였기에 밀레니엄 스튜디오가

얼마 전부터 새롭게 창업했다는 사실을 알고 있었다.

"저희들도 같이 갈 수 있을까요?"

"막내 혼자 보낼 수는 없어요."

"다섯 손가락은 한 몸이에요."

다른 네 명의 여인들이 사만다 월치를 둘러싼 채 차준후를 바라보았다.

막내를 보호하는 것도 있었지만 밀레니엄 스튜디오에 대한 방문을 연예계 지망생인 그녀들도 바랬다.

"실례가 되지 않는다면, 함께 갈 수 있을까요?"

큰 힘이 되어 주는 언니들과 동행하고 싶은 사만다 월치였다.

"가능합니다. 함께 가시죠."

차준후가 다섯 여인들과 함께 밀레니엄 스튜디오를 향해 걸어갔다.

"젠장! 저 새끼 뭐야?"

"왜 저 비루하게 생긴 놈과 다섯 여인이 함께 가는 건데?"

수영복 차림의 남자들이 차준후를 보면서 불평불만을 토해 냈다.

추악한 남자들의 질투와 함께 차준후가 다섯 미녀들의 지대한 관심을 받으면서 걸음을 내디뎠다.

귓가에 들려오는 이야기에 차준후가 남성들을 힐끔 쳐

다보았다.

'너희들도 광고주가 되어 봐. 그럼 아름다운 여인들에게 관심을 받을 수 있어.'

차준후가 여성들에게 지대한 관심을 받을 수 있을 방법을 불쌍한 남성들에게 속으로 알려 줬다.

* * *

차준후와 일행들이 밀레니엄 스튜디오에 도착했다.

"라운 감독님."

"돌아간다고 하더니 다시 오셨네요. 그런데 옆에 계신 미녀분들은 누구?"

"여기 사만다 윌치 양의 카메라 테스트를 부탁합니다."

"갑자기요? 흠. 알겠습니다."

광고주가 원하면 당장이라도 카메라를 돌려야 하는 게 바로 감독의 의무였다.

"카메라 앞에 자세를 잡고 서 보세요."

"어떤 자세를 잡을까요?"

"자신의 매력을 최대한 뽐낼 수 있는 자세면 됩니다."

카메라 앞으로 이동하는 사만다 윌치의 머릿속이 새하얗게 변해 버렸다.

그토록 꿈꿔 왔던 장면이었지만 막상 현실이 되지 아무

생각도 들지 않았다.

뻣뻣하게 움직이는 그녀가 억지로 웃으면서 춤을 췄다.

"카메라에 잡아먹힌 모양이군. 얼굴과 몸매가 괜찮기는 하지만 많이 부족해 보이는데……."

라운이 카메라를 다루면서 작게 중얼거렸다.

최고의 매력을 카메라로 잡으려고 했지만, 도무지 마음에 드는 구석이 없었다.

"침대에서 사랑하는 연인과 둘만 있다고 상상해 보세요. 사랑이 잔뜩 담긴 도발적이면서 섹시한 눈길로 카메라를 잡아먹을 것처럼 바라보는 겁니다."

라운이 사만다 월치의 긴장감을 풀어 주려고 노력했다.

"해 볼게요."

말과는 달리 사만다 월치의 움직임이 무척이나 딱딱했다.

자신이 가진 걸 제대로 보여 주고 있지 못하는 그녀는 가슴이 미어졌다.

안타깝고 슬퍼서 눈물이 흘러내렸다.

무대 단역도 따내지 못한 무명의 그녀에게 카메라 앞에 선다는 건 가혹한 일인지도 몰랐다.

그러나 카메라는 그녀의 안타까운 사정 따위는 배려하

지 않고 있는 그대로만 찍을 뿐이었다.

"음! 광고 모델로는 아주 많이 부족해 보이는군요."

라운이 매력적인 외모와 달리 연기력이 부족한 사만다 월치에게 박한 평가를 줄 수밖에 없었다.

이대로라면 광고주인 차준후가 데리고 왔다고 하더라도 절대 반대였다.

"아까 본모습과는 딴판이군."

지켜보고 있는 차준후가 이질감을 강하게 느꼈다.

해변에서 보여 줬던 상큼했던 모습과 달리 지금 모습에서는 쇼생크 대탈출의 모습을 일절 찾아볼 수 없었다.

"왜 저렇게 하는 거야?"

"너무 긴장했나 봐. 어떻게 해?"

"저 모습은 평소의 사만다가 아니야."

같이 온 여인들이 사만다 월치를 걱정스런 눈길로 바라보았다.

그녀들을 본 차준후의 뇌리에 번개 같은 생각이 스치고 지나갔다.

"당신들이 함께하면 되겠네요."

"무슨 말인가요?"

"카메라 테스트에 합류해서 해변 무대에서 함께 췄던 춤을 보여 주세요. 할 수 있죠?"

차준후는 사만다 월치가 최고의 능력을 발휘할 수 있게

만들어 주려 했다.

"기꺼이 할게요."

"고마워요."

네 명의 여인들이 황급히 카메라 앞으로 뛰어 나갔다.

쿵! 쿵! 쿵짝짝!

라디오에서 신명 난 음악 소리가 흘러나왔다.

"사만다! 이런 건 네 춤이 아니야. 우리가 함께할 테니까, 이제부터 제대로 보여 줘."

"언니들!"

"이런 기회 다시는 오지 않을지도 몰라. 정신 차려! 아름다운 네 매력을 사람들에게 똑똑히 보여 주라고."

사만다 윌치가 음악 소리에 맞춰 춤을 추기 시작했다.

언니들과 함께하면서 최고의 아름다움을 보여 줬던 오랜 시간의 노력이 지금 밀레니엄 스튜디오에서 튀어나왔다.

다른 여인들의 춤과 맞물려 돌아가며 매력을 제대로 발산해 냈다.

딱딱하게 굳어 있던 몸이 풀리면서 그녀가 가지고 있던 매력이 꽃을 피웠다.

"좋아요! 아주 좋습니다. 팔과 다리를 시원하게 쭉쭉 펴면서, 조금 더 환하고 밝게 웃어 보세요. 삼바춤을 추는 것처럼 격정적으로 상체와 골반을 흔들어요. 억지스런 웃음이 아니라 자연스러워야 합니다."

라운이 사만다 월치를 중심으로 카메라를 돌리면서 여러 가지를 주문했다.

그림이 나왔다!

된다는 느낌을 받았기에 아름다움을 담기 위해서 여인들에게 미친 듯이 카메라를 들이댔다.

카메라가 자신을 찍을 때마다 음악에 맞춰 격정적으로 몸을 흔드는 여인들이었다.

차준후가 사만다 월치의 춤추는 모습을 지켜보면서 고개를 끄덕거렸다.

신선하면서도 섹시한 매력을 사만다 월치가 다섯 명 가운데 독보적으로 뽐냈다.

꿍! 쿵짝!

음악이 끝났다.

하얗게 불태운 다섯 여인이 거친 숨을 몰아쉬었다.

"당신의 아름다운 연기는 가다듬기에 따라 메릴린 먼로에 못지않을 것 같네요. 처음에는 비싼 필름만 버리나 싶었는데, 뒤로 갈수록 멋있어졌어요."

라운이 당대 최고의 섹시 심볼인 메릴린 먼로에 사만다를 비유했다.

단순한 칭찬이 아니라 충분히 매력이 있다는 걸 카메라를 통해 알아봤다.

"감사합니다."

사만다 월치가 과분한 칭찬에 허리를 숙였다.

"대체 어디서 이런 보석을 데리고 온 겁니까? 부족한 모습이 보이기는 하지만 가능성이 충분해 보입니다. 잘 꾸미고 가르치면 대단해질 수 있다고요."

흥분을 가라앉히지 못한 라운이 차준후에게 말을 걸었다.

"해변에 가 보니까 보석이 춤을 추고 있더군요. 그래서 남들이 주워 가기 전에 재빨리 데리고 왔습니다."

차준후가 있는 그대로 밝혔다.

"카메라로 지켜본 나도 오랫동안 봐야지 매력적인 모습을 알 수 있었는데, 당신은 한눈에 알아본 거군요. 이건 진짜 천부적인 능력입니다. 대단합니다. 우리 스튜디오에서 배우들 스카우트로 일해 볼 생각 없으십니까? 한다고 하면 최고의 대우로 모시겠습니다. 스튜디오 지분 절반을 줄 수도 있어요."

"스카이 포레스트에서 사장으로 일해야 한다니까요. 나중에 스카이 포레스트에서 해고되면 생각해 보죠."

"음! 그런 날이 오기를 학수고대해야 할지도 모르겠군요."

스스로 그만두면 모를까.

지분 100%를 가진 차준후가 스카이 포레스트에서 잘

릴 일은 없었다.

"사만다 월치를 중심으로 해서 광고를 진행할 생각입니다."

"나쁘지 않은 생각처럼 보입니다. 그런데 그녀의 매력을 돋보이게 하려면 좋은 음악이 필요하다고 생각됩니다."

광고에서 모델의 매력적인 모습은 매우 중요했다.

사만다 월치는 춤을 출 때 가장 아름다워 보였기에 광고에 삽입되는 음악이 요구됐다.

미국에서 스카이 포레스트의 인지도를 높이기 위해서는 광고의 성공이 중요했다.

화장품에서 광고는 큰 몫을 차지했고, 화장품보다 모델이 더욱 각광받기도 하였다.

사만다 월치는 매력적이지만 아직은 부족한 모습이 분명하게 존재했다.

"음악은 제가 준비하겠습니다."

"아시는 음악가가 있나요?"

"그녀를 보고 있자니 머릿속에 떠오르는 음악이 있더라고요."

수많은 올드 팝송들이 그의 뇌리에 떠올랐다.

이 시대의 사람들에게는 최신 음악, 아니 미래의 놀라운 음악이겠지.

미국에서 유학할 때 힘든 시절에 음악은 커다란 힘이 되고는 했다.

 올드 팝송은 오랜 시간이 지나도 사랑을 받는 명곡들이다.

 자주 불렀던 애창곡 올드 팝송만 해도 18곡이나 됐다.

 '오랜 세월 사랑받고 있는 곡들을 모두 세상에 내보내면 난리가 벌어지겠지. 일부만 발췌해서 사용하자.'

 차준후는 미래의 창작자를 생각해서 고혹적인 선율을 자랑하는 팝송들 가운데 몇 마디만 사용할 생각이었다.

 "음악에도 재능이 있었습니까?"

 라운이 깜짝 놀랐다.

 보면 볼수록 놀라움을 선사해 주는 천재였다.

 천재라고 듣기는 했지만, 연예인이 아니었기에 대단하다고 생각하지는 않았다.

 그렇지만 좋은 음악을 창작할 수 있다면 이야기가 달라진다.

 "그냥 떠올랐을 뿐입니다."

 차준후가 있는 그대로를 밝혔다.

 전생에서 독신으로 살아가면서 가졌던 취미가 바로 영화, 드라마, 음악 감상, 기타 연주 등이었다.

 기타를 배우기 위해 프로가 운영하는 유명한 학원에서 심화반까지 다녔을 정도였다.

한창 연습하면서 기타를 칠 때는 손가락에 굳은살이 사라지지 않는 날이 없었다.

미래의 유명한 곡들을 잔뜩 기억하고 있었고, 연주도 가능했다.

자신의 재능이 아닌 미래의 유명한 올드 팝송들을 가져다 사용할 생각이었다.

"영감이란 그런 겁니다. 머릿속에 팍 하고 자연스럽게 생겨난다고요."

라운이 입에 거품을 물면서 소리쳤다.

영감은 어떤 원리로 설명할 수 없는 불확실한 영역에 존재한다.

그런 영감을 움켜잡아서 창작할 수 있는 사람들은 극히 소수였고, 연예계에서는 그런 사람들을 천재라고 불렀다.

"지금 떠오른 영감 어린 음악을 들어 볼 수 있습니까?"

영감은 언제 없어질지 모르기에 당장에 들어 봐야만 한다.

그때, 옆으로 사만다 월치를 비롯한 여인들이 슬며시 다가왔다.

천재가 영감을 받아 작곡했다는 음악을 듣고자 바짝 붙어 섰다.

그녀들은 뮤지컬 배우를 꿈꾸고 있는 여인들이다 보니

가수 지망생들이기도 했다.

"저기에 있는 기타를 사용해도 되겠습니까?"

스튜디오 한쪽에 기타 케이스 하나가 벽에 기대어져 있었다.

"물론 가능합니다."

차준후가 성큼성큼 걸음을 옮겨 기타를 가지고 왔다.

디리링!

케이스에서 꺼낸 기타 줄을 가볍게 쳐서 상태를 확인했는데, 좋은 편이었다.

디링! 디리링! 디리리링! 디리리리링!

기타에서 흘러나온 감미로운 소리가 스튜디오를 맴돌았다.

1967년 미국 영화 〈연인과 함께〉에 삽입된 〈사랑하는 그대와 함께〉라는 곡의 여덟 마디가 흘러나왔다.

기타 연주를 배경으로 한 이 노래는 배우이자 가수였던 여인이 불러 선풍적인 인기를 끌었고, 세계적으로도 크게 유행했다.

대한민국의 라디오에서도 하루에 몇 번씩 라디오에서 흘러나올 정도로 대단한 호응과 반향을 불러일으켰다.

영어 가사의 뜻도 모른 채 흥얼거릴 만큼 대중적인 인기를 끄는 곡이었다.

"와아! 미쳤어. 이건 미쳐 버릴 정도로 환상적인 곡이야. 다른 부분도 들려줘야지? 왜 여기서 끊는 겁니까?"

라운이 강하게 요구했다.

"여기까지입니다. 여덟 마디면 충분히 광고에 사용할 수 있을 겁니다."

차준후가 기타를 내려놓았다.

30초 정도의 광고에 여덟 마디의 운율을 반복하거나 약간만 변주해서 사용하면 충분했다.

미래의 창작자를 위해 원곡을 남겨 두고 싶었다.

"이어지는 부분은 더 없나요?"

"……없습니다."

차준후는 사랑하는 그대와 함께를 끝까지 연주하고 싶은 마음이 없었다.

사람들 앞에서는 말이다.

'예전보다 좋아진 느낌이네.'

여유가 생기기 시작하면서 그러니까 나이가 들어서 배우기 시작한 기타였다.

중년이었을 때와 달리 젊은 육체는 폭발적인 연주가 가능해 보였다.

한 번 혼자 있을 때 제대로 연주하고 싶은 욕망이 치밀어 올랐다.

사람들만 없다면 지금 당장 신나게 기타를 쳐 보고 싶었다.

"있는 것 같은데? 지금 들은 곡은 전주가 빠진 하이라이트 부분이잖습니까. 영감으로 만들었다는 원곡을 전주부터 끝까지 모두 연주해 보세요. 궁금해서 미칠 것 같단 말입니다."

라운이 울부짖었다.

머릿속에서 아까부터 여덟 마디가 계속해서 반복되어 울렸다.

짧게 이어진 환상적인 운율과 이어지는 음악의 모든 걸 알고 싶었다.

"저기……."

호칭을 뭐라고 해야 할지 모르는 사만다 윌치가 조심스러운 목소리로 차준후를 불렀다.

"궁금한 게 있습니까?"

"지금 들은 노래 말인데요."

뭔가 말하기 무척 민망한 듯 그녀가 손가락과 몸을 살짝 꼬면서 이야기했다.

"편하게 이야기하세요."

"지금 노래 광고에서 제가 직접 불러도 될까요?"

사만다 윌치가 욕심을 드러냈다.

듣는 순간 온몸에 전율이 흘렀다.

가수를 꿈꾸고 있지만 순수한 실력보다 외모를 더 높이 평가받고 있었다.

그런 현실이 안타까워 발성을 비롯해서 노래에 집중하고 있었지만 좀처럼 실력이 늘지 않았다.

이번 곡은 높은음이나 화려한 솜씨를 뽐내지 않아도 되기에 뛰어난 가창 실력을 지니지 않은 그녀라도 충분히 소화할 수 있었다.

"음!"

차준후가 잠시 고민했다.

배우로서 유명하다는 건 알았지만 가수로서의 사만다 월치에 대해서는 제대로 알지 못했다.

잠시 고민하고 있을 때.

사만다 월치가 온갖 걱정을 다 하며 몸을 부들부들 떨어댔다.

'내가 괜한 소리를 한 걸까? 욕심 때문에 광고 모델에서도 탈락하면 어떻게 하지?'

이 바닥은 무척이나 경쟁이 치열하다.

무명인 상태에서 광고 모델로 발탁되는 행운을 누렸는데, 거기에서 노래까지 욕심을 낸다고?

잘못하면 광고 모델 자리까지 날아갈 수 있었다.

"노래는 실력 좋은 가수에게 부탁해야 합니다. 제가 아는 사람들 가운데 빌보드에도 이름을 올리는 여성 가수가 있어요. 지금 노래에 딱 어울리는 목소리를 가졌습니다."

좋은 광고를 만들고 싶은 라운이 이왕이면 최고의 가수를 섭외하고 싶어서 한 마디를 툭 던졌다.

"우리 사만다 노래 잘 불러요."

"맞아요. 뮤지컬 배우 오디션에 나간 적도 많아요. 붙은 적은 단 한 번도 없지만……."

"왜 우리 착한 사만다 기를 죽이고 난리예요. 그런 소리는 하지 마세요."

여인들이 라운에게 곱지 않은 시선을 비수처럼 마구 쏘아 보냈다.

"좋은 광고를 만들고 싶어서 이야기했을 뿐이에요. 이런 일을 하는 게 내 역할이라고요."

라운이 기세등등한 여인들의 등쌀에 기를 제대로 펴지 못하면서도 할 이야기를 다 했다.

음악 감독이 있었으면 본격적으로 의논을 할 수 있었을 텐데, 아무래도 지금은 조용히 있어야만 할 것 같았다.

그래도 양보할 수 없는 영역이라는 게 있었다.

"한 번 노래를 들어 볼까요."

노래의 원작자인 차준후가 간절한 표정의 사만다 윌치에게 기회를 제공했다.

실력만 있다면 기꺼이 가수로서 설 수 있게 노래를 부탁할 심산이었다.

"고맙습니다."

그녀가 허리를 숙인 뒤에 목을 가다듬은 뒤에 잔잔한 선율의 팝송을 부르기 시작했다.

뮤지컬 오디션을 봤다고 하더니, 노래 실력이 전체적으로 뛰어난 편이었다.

차준후가 조용히 노래를 들으며 생각에 빠져들었다.

듣기 좋은 목소리가 귓가에 맴돌았다.

"오! 노래 좋은데…… 가늘면서 청아한 목소리가 노래와 어울려."

라운이 곧바로 감상평을 내놓았다.

광고 전문가가 인정할 정도로 상당한 가창 실력을 가지고 있는 사만다 월치였다.

'사랑하는 그대와 함께를 불렀던 여성 가수와 상당히 목소리가 비슷하네.'

차준후가 본 사만다 월치의 실력은 나쁘지 않았다.

약간 부족한 점이 있지만 그건 앞으로 훈련과 기계적으로 잡아도 충분해 보였다.

무엇보다 광고에 사용할 노래와 찰떡궁합인 목소리라는 게 중요했다.

좋은 음색이 다른 부족한 부분을 채워 줬다.

"다른 노래를 한 곡 더 불러 볼까요?"

노래를 끝마친 사만다 월치가 짧은 바지를 움켜잡으면서 물었다. 스스로 부족하다고 느꼈는지 잔뜩 긴장한 기색이었다.

그 모습에 애를 끓이게 만들 일이 아니라고 느꼈다.

"괜찮습니다. 배우에 가수까지 잘 부탁합니다."

실력이 나쁘지 않았기에 차준후가 시원하게 결정을 내렸다.

모델뿐만 아니라, 가수로서의 기회를 잡은 사만다 윌치는 이게 현실인지 믿기지 않았다.

"감사합니다. 정말 감사합니다."

사만다 윌치가 연신 고개를 숙이며 고마움을 표현했다.

로스앤젤레스로 올라와 보냈던 갖은 고생의 순간들이 주마등처럼 스치고 지나갔다.

기쁨과 슬픔이 공존하는 가운데 두 눈에서 눈물이 흘러나왔다.

"광고에 딱 맞는 모델이 노래까지 불러 준다는데, 제가 더 감사해야겠죠."

차준후가 손수건을 꺼내어 내밀었다.

그녀가 손수건을 받아서 두 눈을 가린 채 울먹거렸다.

성공이 예정되어 있는 무명의 여인을 해변에서 만났다는 사실은 차준후에게 있어 행운이었다.

물론 사만다 윌치에게는 더 큰 축복이었고.

지금까지의 무명 세월은 광고가 나가는 순간 끝이었다.

이제 보장된 톱스타의 길만 그녀의 앞에 깔려 있었다.
"축하해."
"울지 마. 난 네가 해낼 줄 알았어."
"우리 가운데 네가 가장 먼저 연예계에 진출하는구나. 정말 잘 됐다."

함께 온 네 명의 여인들이 사만다 윌치에게 축하의 말을 던졌다. 순수하게 축하해 주는 한편으로 약간의 질투심을 드러내기도 했다.

"당신들도 광고에 출연할래요?"
"할게요."
"제발 출연하게만 해 주세요."
"광고에 나갈 수만 있다면 뭐든지 하겠어요."

여성들이 과도할 정도로 격렬하게 응했다. 차준후 역시 그녀들의 열정이 마음에 들었다.

"사만다 윌치와 함께 춤을 추는 역할이에요. 영화로 치면 단역이라고 할 수 있는데, 괜찮으면 계약서에 서명하면 됩니다."

차준후가 요구하는 바를 정확하게 알려 줬다.

네 명의 여성들은 주연인 사만다 윌치에 비해 역할이 작았다.

그렇지만 그 작은 역할을 차지하지 못해서 바닥에 뒹굴고 있는 연예계 지망생들이 산처럼 쌓여 있었다.

얼굴을 알릴 수 있는 기회가 소중하다는 걸 무명의 배우들은 누구보다 잘 알았다.

"어디에 서명하면 되나요?"

"저는 광고 모델로 나설 수만 있다면 공짜로도 출연할 수 있어요."

"무보수는 말도 안 되는 이야기이고요. 공짜로 출연할 생각이면 광고에 출현은 불가능합니다."

"그냥 마음이 그랬다는 거죠. 주시는 돈 감사히 받을게요."

여인의 목소리가 무척이나 작아졌다.

"언니들과 함께 최고의 모습을 보여 드릴게요."

평소 아무 말이나 막 내뱉는 성격의 언니를 위해 사만다 윌치가 급하게 끼어들었다.

여전히 눈물을 흘리고 있는 그녀는 그럼에도 불구하고 예뻤다.

괜히 한 명이라도 광고에서 빠지면 좋지 않았다.

'함부로 말을 내뱉으면서 상대할 수 있는 사람이 아니야. 격식을 갖춰야 해.'

그녀는 차준후를 살폈다.

훤칠한 외모의 차준후에게서 묵직한 무게감을 느꼈다.

주변에서 흔하게 보고 만날 수 있는 남자가 아닌 높은 상류층에 머무르고 있는 사람이라고 할까?

"모두 광고에 출현하는 걸로 알겠습니다."

차준후는 사만다 월치의 매력을 최고로 끌어 올리기 위해 나머지 네 명도 섭외했다.

"신경을 기울여 주셔서 감사해요. 제 매력을 제대로 보여 드릴게요."

주먹을 불끈 쥔 사만다 월치가 눈물을 흘리면서도 웃었다.

미국을 홀린 여성의 울면서 웃는 모습이 무척이나 귀여웠다.

'톱스타가 보이는 매력은 상당하구나.'

텔레비전에서만 보던 여인의 환하게 웃는 모습이 바로 차준후의 눈앞에서 펼쳐졌다.

젊은 톱스타가 보여 주는 환한 미소에는 강력한 매력이 녹아들어 있었다.

"의뢰주님."

슬쩍 다가온 라운이 이야기에 끼어들었다.

"말씀하세요."

"음악 작업은 어떻게 하면 됩니까?"

"음악 감독님을 섭외해서 이야기하시면 되잖습니까? 전문적인 실력을 가진 음악 감독님이 잘해 주실 거라고 믿습니다."

차준후는 손길이 많이 가는 음악 작업에 끼어들고 싶지

않았다.

 때론 전문가들에게 맡겨 놓아야 할 때가 있는 법이다.

 과정을 생략한 채 결과물만 들을 생각이었다.

 마음에 들지 않으면 다시 만들어 오라고 지시하면 그만이었다.

 중요한 건 작업 결과물이었다.

 "음! 불러 주신 멜로디를 완성하실 생각은 있으신 거죠?"

 "아니요. 제 영감은 딱 여기까지입니다."

 "아무리 봐도 아닌 것 같은데……."

 라운이 차준후를 의심했다.

 오랜 세월 이쪽 계통에 관심을 가지고 있다 보니 딱 보면 견적이 나왔다.

 음악에서 가장 중요한 하이라이트 부분의 영감을 받았다는 건 나머지도 어느 정도는 알고 있다는 소리였다.

 완성까지는 아니라고 해도 모른다는 게 말이 되지 않았다.

 "그런 눈초리로 봐도 없는 음악이 나오는 건 아닙니다."

 차준후가 모른다고 잡아뗐다.

 "노래가 너무 좋아서 저도 완성된 음악을 듣고 싶어요. 완성하시게 되면 꼭 알려 주세요."

어느새 눈물을 그친 사만다 윌치가 슬그머니 대화에 끼어들었다.
　가수에게 영혼까지 울리게 만든 완성곡은 무엇보다 중요했다.
　"……그럴 일은 없으니까 기대하지 마세요."
　아무도 없는 공간에서 홀로 연주한다면 모를까.
　차준후가 다른 사람들 앞에서 미래의 음악을 연주할 일은 없었다.
　떠오르고 있는 연주에 대한 감정을 자기 마음속에만 담아 뒀다.

　　　　(내가 제일 잘나가는 재벌이다 7권에서 계속)

환상이 숨쉬는 공간 파피루스 blog.naver.com/gnpdl7

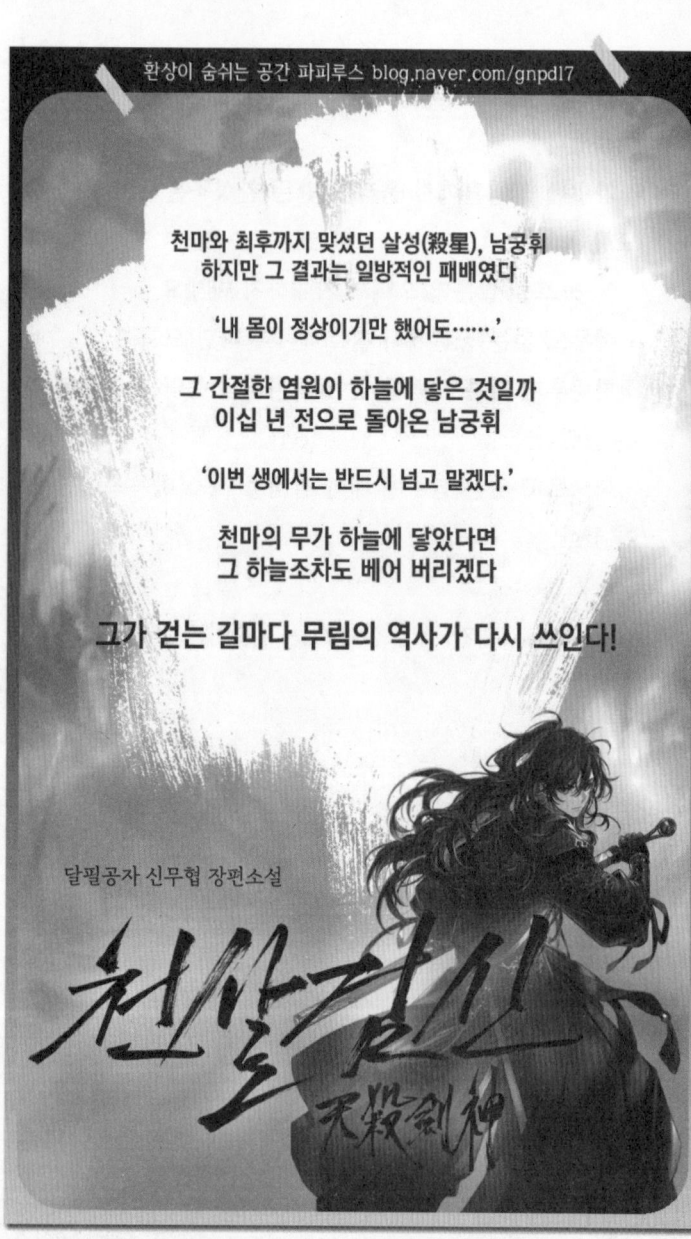

천마와 최후까지 맞섰던 살성(殺星), 남궁휘
하지만 그 결과는 일방적인 패배였다

'내 몸이 정상이기만 했어도…….'

그 간절한 염원이 하늘에 닿은 것일까
이십 년 전으로 돌아온 남궁휘

'이번 생에서는 반드시 넘고 말겠다.'

천마의 무가 하늘에 닿았다면
그 하늘조차도 베어 버리겠다

그가 걷는 길마다 무림의 역사가 다시 쓰인다!

달필공자 신무협 장편소설